붉은
구름

민금애
소설집

청어

붉은 구름

민금애
소설집

작가의 말

8년 전에 장편소설을 겁 없이 출간했다. 그때 출간된 책을 보며 흐뭇하기도 하고 부끄럽기도 한 묘한 기분이 들었다.

늪에 빠지는 듯한 두려움이 처음엔 나를 지배했다. 그런데 시간이 갈수록 스스로 자랑스러워진 것이다. 그리고 다독거렸다.

민금애 너 괜찮은 글쟁이야 라고.

누가 뭐래도 그 소설을 쓰고자 나는 최선을 다했다는 자부심.

그리고 긴 시간을 보냈다.

어느 강의에서 교수님이 말씀하시기를,

자신의 작품을 졸작이라 비하하지 말아라. 맞는 말이다.

한 줄의 글을 쓰기 위해 얼마나 많은 시간을 머리 痛을 앓았는지.

8년이라는 시간을 틈틈이 글쓰기로 보내다 다시 용기를 내본다.

그것도 과감하게 소설집을.

컴퓨터에 들어있는 글은 혼자만의 낙서다. 밖으로 내놓아 누군가가 읽어야 작품이란다. 선배님의 매서운 회초리에 놀라 용기는 냈지만, 여전히 가슴이 떨린다.

코로나로 일 년 이상 답보상태. 무엇인가 나를 위해서도 획기적인 변화가 필요했다. 이 변화의 무기로 과감하게 소설집 출간을 택했다.

삶은 그렇더라. 희로애락의 불규칙적 반복. 좋을 때는 모르고 넘어가는데 힘들 때는 글을 쓰면 날뛰던 모든 감정이 잠잠해지더라.

틈틈이 적어놓은 삶의 애환을 모아 소설이라는 이름으로 출간한다.

그저 보시는 분이 예쁘게 느껴주시기만 바랄 뿐.

목차

작가의 말

붉은 구름

붉은 구름

가끔 불현듯 아내가 생각난다. 아내는 끈질기게 병진씨의 머릿속을 휘젓고 다닌다. 자나 깨나 아내는 언제나 그 자리에 계속이다. 잊을 수 없고 잊히지도 않는 부분. 팽개칠 수도 없고 몰두하기도 버거운 상태. 모른 체 하자니 가렵고 긁어대자니 아프고. 아주 많이 참기 어려운 가려움증, 사타구니 옆의 습진 같은 존재.

얼굴도 보지 않고 부모의 권함으로 만난 사람이지만 유난히 금실이 좋았다. 다소곳한 아내의 순종과 선함에 언제나 감사하고 행복했다. 매사에 양보하고 앙탈 한 번 부리지 않는 아내다. 나의 어디에 이런 복이 들어있나 하고 감사하고 살았다. 자식도 아들과 딸을 두 명씩 안겨준 아내다. 첫 번째 아들을 낳아 아들에 대한 갈증도 없었다. 비록 작지만 하던 일도 잘돼 돈 걱정도 없었다. 조용한 평화가 주변을 몇 년 맴돌았다. 하지만 복은 언제나 한도가 있었다. 네 남매를 남겨놓고 아내가 갑자기 병이 들었다. 병명도 알 수 없는 상태에서 시름시름 아내는 삼 년을 앓았다. 백약이 무효. 사랑도 정성도 무효. 아내는 사그라지면서 끈질기게 그에게 다짐했다. 행여 나 죽더라도 재혼하지 마세요. 세상에 미련을 많이 남기고 떠나면서 하는 넋두리라 여겨 주저하지 않고 약속했다. 그것은 마지막 가는 아내의 마음이라도 편하게 해주고자 하는 생각에서였다. 죽을 줄 알면서도 삶의 끈을 놓지 못하고 버둥대는 아내가 측은했다. 인생에 아홉을 넘기기 어렵다는 말을 증명하듯이 아내는 서른아홉에 세상을 버렸다. 죽기 싫다는 아내의 마지막 몸부림이 한순간 그를 괴롭혔다.

　재혼하지 마세요. 마지막 숨을 거두면서 아내가 힘겹게 뱉은 말이다. 알았어, 그러니 편히 눈 감아. 무엇이 그리 아내의 숨줄을 잡고 있었는지. 아내는 끝내 눈을 감지 못하고 숨을 거두었다. 그는 가슴이 심히 아려왔다. 이 사람아, 자네 만나서 그래도 행복했네 하고 아내의 눈을 감겨주었다. 눈물 한 방울이 아내의 볼에 흘러내렸다. 그렇게 아내를 보냈다. 가는 사람은 언제나 미련, 생각 없이 훌쩍 떠난다. 남아 잊어야 하는 고통을 떠나는 사람은 전혀 생각하지 않는다. 어차피 갖고 가지 못할 바에 미련 버리고 가주기를 바랐지만, 아내는 그렇지 못했다. 그런 아내가 안쓰러웠지만 인명은 재천이고 불가항력이기에 순응할 수밖에 없었다. 세상은 어차피 모든 것을 전부 주지 않았다. 통계수명 80이라고 하느님은 공갈치지 말고 건강보장수명 80을 주신다면 정말 감사할 것을. 그는 아내에게 약속했다. 그럴 수 있을 것 같았다. 그래야 할 것 같았다. 그래서 아내의 요구에 쉽게 응한 것이다. 어떤 새로운 인연이 다가와도 예전같이 기쁘지 못할 것 같다. 소박한 작은 행복에 너무나 감사하고 만족했다. 든 자리는 몰라도 난 자리는 표가 난다는 옛말이 있다. 한 사람이 어디론가 떠나면 그 빈자리는 도대체 무엇으로 메울 수가 있을까. 도저히 불가능한 일이다.

아이들에게는 엄마가 필요하고 나이 드신 어머니 대신 살림을 맡아줄 안주인이 필요하다. 죽은 사람은 어차피 잊힌다는 말을 증명이라도 하듯 아내는 조금씩 잊히기 시작했다. 아내의 삼년상을 지내고 재혼을 결심했다. 성실하게 살아왔기에 재혼은 주위 사람들에 의해 쉽게 성사되었다. 초혼에 실패한 후덕한 여자다. 말이 적은 것이 조금 불만이지만 모든 것에 감사할 상대다. 건강하고 오로지 살림해 줄 사람을 구했다. 늙은 어머니와 아이들을 돌봐주고 자기의 일상을 챙겨줄 사람을 고른 것이다. 그 이상의 것을 바랄 만큼 그는 뻔뻔하지 못했다. 그는 모든 일에 감사하며 살았다.

간단한 예식을 올리고 새 아내를 맞이했다. 며칠 동안 흉몽에 시달렸다. 죽은 아내가 원망의 눈으로 나타난 것이다. 때론 눈물로, 원망으로 자신을 옥죄인다. 그러나 생각이 꿈으로 나타난 것이라고 대수롭지 않게 생각했다. 죽은 사람은 잊는 게 서로를 위해 좋다고 주위 모든 사람이 자신을 위로했다. 그리고 아내 자체도 잊히기 시작했고. 전 장모도 그의 재혼을 적극적으로 권한 것이다. 홀아비 혼자 외손자들을 키우는 것을 보는 것이 더 괴롭다는 게 너무나 타당한 이유다. 그것은 제 몫을 다하지 못하고 간 자식을 둔 부모의 간절한 속죄였다. 첫날 밤 술에 취해 깜빡 잠이 들었는데, 소복을 한 아내가 나타나 둘 사이로 파고들었다. 비록 소복을 했지만, 아내는 예쁘게 단장한 모습이다. 아내는 무서운 얼굴로 자신을 노려보았다. 섬뜩했다. 새 아내와의 합궁은 이루어지지 못했다. 죽을 사람과의 약속은 파기할 수 없다. 아차 하는 마음이 생겼다. 아내는 눈물을 글썽이며 가슴으로 파고들었다. 뿌리칠 수가 없었다. 생전의 어진 모습이 아니고 대단히 화가 난 모습이다. 여보, 이러지 마. 아내를 달랬으나 요지부동이다. 그날 밤 내내 아내에게 시달렸다. 온몸이 땀에 젖고 신음이 나왔다. 놀라 눈을 뜨니 새 아내가 걱정스러운 눈으로 자신을 내려다보고 있었다. 초저녁에 오한에 시달리던 새 아내에게 물수건을 얹어준 기억이 난다. 그리고 설핏 잠이 들었다 악몽에 시달린 것이다. 미안함이 생겼으나 그 이상의 어떤 행위는 할 수 없었다. 죽은 아내의 원망 눈빛이 어른거렸기 때문이다.

더러운 팔자를 탓했다. 어머니의 권유로 택한 남편에게 여자가 있었다. 그러나 곧 헤어질 거라는 말을 믿었다. 하지만 그것은 터무니없는 거짓말이었다. 처음 몇 번은 모르는 체 넘어가려 했지만, 외박의 횟수가 많아지자 군동댁은 생각을 고치기 시작했다. 소박맞는다고 생각하면 기막히지만, 그냥 산다는 것은 더 기막힌 일이다. 누구에게 의논할 수도 없는 상황이 당분간 계속되었다. 시어머니는 군동댁이 참고 살기를 은근히 바라는 눈치지만 그녀의 생각은 아니다. 과부와 총각이 붙으면 절대 떨어지지 않는다는 말의 뜻을 잘 모르겠다. 그러나 그 말이 무섭게 가슴을 짓눌렀다. 기다림은 서서히 분노로 변하기 시작했다. 참을 수 없는 고통 같은 분노를 어떻게 감당할 수가 없다. 그러나 집으로 돌아갈 수는 더욱 없다. 그래서 참고자 했다. 아니 참고 기다렸다. 그런데 이상하게 처음에 미안해하던 남편이 날이 갈수록 뻔뻔해진 것이다. 군동댁으로서는 이해하기 힘든 상황이다. 헤어질 테니 기다려 달라던 처음의 약속은 어딘가로 줄행랑이다. 늦은 귀가가 외박으로 바뀌었다.

시어머니는 남편의 외도를 그녀의 탓으로 돌렸다. 여자가 얼마나 변변치 못하면 남자 바람 하나 잡지 못하냐는 억지다. 친정아버지의 화 난 얼굴이 떠올랐다. 그리고 시집가서 무난하게 사는 언니 생각도 났다. 내가 전생에 무슨 죄를 지었나 생각해봐도 도무지 알 수가 없다. 남편의 뻔뻔스러움은 도를 넘었다. 어차피 당신도 알고 있지 않으냐며 자신의 행동을 합리화시켰다. 그리고 결국 말대답하는 그녀에게 주먹이 날아왔다. 더는 참을 이유가 없다. 시집에서 나왔다. 우선은 갈 곳이 친정뿐이다. 잠깐 다니러 왔노라는 말에 식구들은 속았다. 차라리 내버려 둘 것이지 남편이 그녀를 찾으러 왔다. 적반하장도 유분수지. 오히려 참을성 없다고 그녀를 탓한다. 팔자려니 알고 참고 살아라. 친정이라는 것이 이렇게 모호한 곳인지? 아니 친정 부모라는 것이 이렇게 이기적인지? 사위의 뻔뻔한 탈선까지 쉬쉬하면서 그녀가 시집으로 들어가기를 종용한다. 그녀는 결국 부모 뜻을 어기고 이혼했다. 이혼녀라는 딱지가 발목을 잡고 놓아주지 않는다. 친정에서 홀대받는 게 싫어 도붓장사했지만 배움이 없는 탓에 언제나 손해뿐이다.

언니 집에서 조카들을 키우다가 형부의 중매로 병진씨를 만났다. 남자라면 치를 떨었지만, 여생에 그래도 필요한 건 남자라는 언니의 말을 따른 것이다. 자상하고 편안한 몇 번의 만남에 결혼을 결심하기까지 석달이 걸렸다. 알 수 없는 희망에 가슴이 뛰기 시작하면서 이상한 오한에 시달렸다. 전혀 만난 적이 없는 여자가 자주 꿈에 나타난 것이다. 남편의 여자였나? 전남편의 여자가 결국 죽어 서너 번 자신을 찾으러 왔다는 이야기를 들었지만 돌아갈 생각이 없었다. 꿈에 소복을 하고 나타난 여자가 전남편의 여자인가 생각이 든다. 내게 무슨 할 말이 있다고? 내 인생을 송두리째 망친 주제에 새삼스레 용서라도 받겠다는 말인가? 가소롭다. 간단히 예식을 올리고 병진씨의 집에서 첫날밤을 지내는데 오한이 계속이다. 땀을 뻘뻘 흘렸다. 결혼이라는 것에 긴장을 했나 하고 멋쩍게 웃었다. 머리에 찬 수건을 얹어주는 병진씨에게 미안한 마음이 들었다. 고마움에 마음이 찡하다. 이런 것이 부부인가 하고 뿌듯한 행복에 미소를 지었다. 어슴푸레 잠이 들었는데 병진씨의 신음이 들린다. 미안하오. 무엇이 미안하단 말인가? 오히려 정말 고맙고 행복한데. 이런 우라질. 새벽녘에 얼핏 잠이 들었는데 소복을 한 여자가 문을 열고 들어와 남편과 자신의 가운데로 들어와 눕는다. 내게 무슨 원한이 있어서 전남편을 빼앗았으면 됐지 이 지랄인지? 처음으로 지독한 분노를 느꼈다. 지금까지 남편을 원망했지, 그 여자를 원망한 적은 한 번도 없었다. 오히려 가엽다 생각했다. 어쩌다가. 잘못된 만남에 인생을 걸었나 하는 가여움이다.

　전실 자식을 키우는 일은 결코 쉽지 않았다. 아무리 다정하게 대해도 슬슬 눈치를 보는 아이들. 용하다는 병원도 다니고 약도 먹었지만 군동댁에게 아기가 생기지 않는다. 그런데다 시어머니 역시 호락호락하지 않다. 군동댁이 들어와 자기 일이 현저히 줄어들었는데도 그녀에게 웬일인지 너그럽지 않다. 그러나 그녀는 이것이 시집이라는 삶이라고 생각했다. 그녀에게 재혼은 외로움으로부터의 해방이었다. 가족이 생긴 것이다. 텅 빈 방에서 혼자 지내는 외로움이 가장 견디기 힘들었다. 그때 지옥이라도 사람들 곁이면 좋겠다고 얼마나 간절히 바랐던가. 그러다가 병진씨를 만나 그의 자상한 배려에 얼마나 감동했는데. 평범한 생활에서 고단한 여자의 삶이 군동댁을 기다리고 있었다. 기분 나쁜 여자가 가끔 나타났지만 개의치 않았다. 상대는 죽은 사람이다. 어떻게 상대할 수 없는 상황이다. 작은 행복이었다.

　모처럼 흠뻑 내려준 마당의 눈을 치웠다. 며칠을 계속 내리던 눈이 상당한 양 수북이 쌓였다. 시어머니도 나들이 가고 남편도 가게에 나갔다. 언제나 점심을 먹으러 오던 남편이 손님과 약속이 있다고 연락을 해서 군동댁은 모처럼 휴식을 취하고 있었다. 한 번도 본 적이 없는 늙은 여자가 대문을 열고 들어왔다. 여자는 군동댁을 찬찬히 보더니, 혀를 찬다.

　"그냥 지나려는데 누가 자꾸 이 집으로 들어가라고 해서, 들어가서 무슨 말인가 해주라고 해서 이렇게 들어왔소. 난 이웃 마을에 사는 무당인데, 내 신이 나를 이곳으로 보낸 것 같소. 들어와 젊은 아주머니 얼굴을 보니 참 딱하다는 생각이 드네요. 어쩌자고 이런 곳으로 개가를 했는지? 그냥 돈 받자고 하는 소리가 아니요. 그저 내 이야기 듣고 밥이나 한 술 주구려. 심성은 좋은데 당신은 남자 복은 형편없어요. 첫 남편도 그렇고 지금도 마찬가지요. 아니 만나면 안 되는 궁합이오. 아니 댁의 남편은 재혼하면 안 되는 사주인 것을. 어쩌자고? 그렇게 철석같이 약속했으면 지켜야지. 산 사람과의 약속은 다시 만나 파기하면 되지만 망자와의 약속은 어찌할 수 없는 것을."

16

그냥 흘려버리기에 왠지 께름칙하다. 팔자 도망은 독 안에 들어도 못한다는 말이 생각난다. 사람들은 어려운 상황이 되면 팔자려니 하고 얼른 포기해버린다. 군동댁도 그랬다. 이 여자는 누구인가? 지나가는 거지 치고는 유난히 예리한 눈을 가지고 있다. 무당이라! 정말 신이라도 내린 사람인가? 그렇다면 내게 비싸게 부적이라도 팔아먹겠다는 말인가? 군동댁은 어떤 대답도 하지 않고 빤히 여자의 다음 말을 기다렸다. 여자가 방안을 휘 둘러보더니 벽에 걸린 사진 액자를 물끄러미 쳐다본다. 그녀도 액자를 보았다. 결혼하기 전부터 그 자리에 있던 액자다. 구태여 치울 이유가 없었기에 그대로 둔 액자다. 흑백사진은 주로 아이들의 모습이다. 그런데 귀퉁이에 여자의 작은 명함판 사진이 있다. 사진을 유심히 들여다본 군동댁은 소름 끼치는 전율을 느꼈다. 이때까지 전혀 얼굴을 보여주지 않는 꿈속의 여자, 어느 곳에도 그녀의 모습은 없었다. 전처의 제사를 지낼 때도 사진은 없었다. 제사를 몇 번을 지냈지만, 소홀히 한 적 없다. 남편을 내게 보내준 여자에 대한 고마움에 정성을 다했다. 남편을 위해서, 아이들을 위해서, 아니 남은 자신의 생을 위해서. 생기지 않는 아이에 대해 미련은 버리지 않지만 기대는 이미 버렸다. 그렇다면 자신의 노후는 어쩔 수 없이 남편의 아이들에게 맡겨야 한다. 지성이면 감천이라지 않던가? 사심 없이 정성을 다하면 그들이 내 맘을 알아주리다. 어차피 친정은 갈 수 없는 곳이다. 출가외인! 누가 만든 족쇄인가?

"이 사진을 치우시오. 이렇게 눈을 뜨고 날마다 당신을 감시하고 있는데 무슨 아기가 생기겠소. 아니 이때까지 아무런 느낌도 없었소? 기막힌 일이오."

"남편과 상의해보면 안 되나요?"

아침부터 무엇인가 자꾸 뒤틀렸다. 병진씨은 사무실에 앉아 혼자 짜증 냈다. 차라리 집에 가서 점심을 먹을 것을 하는 후회가 생긴다. 점심을 약속한 손님이 갑자기 일이 생겨 오지 않아 때를 놓쳤다. 언제나 따뜻한 밥을 지어놓고 기다리는 아내. 후덕한 아내가 감사하다. 약간 괴팍한 어머니의 시집살이도 덤덤하게 잘 견디고, 사춘기를 맞아 날카로운 아이들의 투정도 잘 견디는 아내. 사실 전처는 가끔 어머니의 행동에 투정을 부리기도 했지만 군동댁은 전혀 그렇지 않았다. 하루 세끼를 언제나 밥을 지어 바치는 아내, 끼니마다 새로운 반찬이 올라오는 식탁, 그런데도 무엇이 못마땅한지 투정을 부리는 어머니가 오히려 의심스럽다. 초취라면 몰라도 재취가 앙큼하면 안 된다는 법이라도 있는지? 어머니는 걸핏하면 재취 운운하며 아내를 들볶는다. 나긋나긋하진 않지만 그래도 덕을 갖춘 아내. 재취로 들어온 것이 그녀의 죄가 아니건만, 어머니는 조금만 뒤틀리면 저러니까 소박맞았다면서 군동댁을 닦달한다. 그런 군동댁이 안쓰러워 가까이할 양이면 전처가 언제나 나타났다. 약속 때문이라고 자책하지만, 방법이 없다. 당신 자식 잘 자라게 하는 것으로 제발 군동댁을 놓아주라고 마음으로 간절히 바라건만 죽은 아내는 요지부동이다. 원망스러운 마음에 아내를 마음속으로 경원하면 꿈에 나타나 슬픈 눈을 보이며 눈물을 글썽인다. 귀신과의 싸움에 이길 재간이 없다. 아이가 생기지 않는 것은 죽은 아내의 욕심이라고 생각했다. 아무 이상이 없다는 의사들, 모든 의사가 오진할 리가 없다. 귀신이 있다는 생각은 하지 않았지만, 가끔 귀신을 인정했다. 아니 인정할 수 밖에 없다. 그의 잠자리는 언제나 셋이었다. 편안한 군동댁에게 불만이 없다. 이니 오히려 감사했다. 언제나 정중하게 예의를 갖추는 군동댁. 정말 두 번 소박맞지 않으려 열심히 노력하는 모습이 안쓰럽다. 그녀의 노후를 위해 아기를 주고 싶은데 몇 해가 지났지만, 여전히 무소식이다.

같이 일하던 직원을 심부름 보내고 난로 옆에 앉아 있으려니 졸음이 온다. 얼른 일 끝내고 집에 가서 군동댁이 지어준 따뜻한 밥을 먹어야 겠다고 생각했다. 자신도 모르게 잠이 들었다. 겨울인데 무슨 꽃이 이렇게 많이 피었나? 봄이 오려면 아직도 한참을 기다려야 하는데. 꽃밭에서 그는 두 여자와 놀고 있었다. 전처의 앙탈에 비해 군동댁은 다소 곳이 자기의 처사를 기다린다. 여보, 이리 와. 병진 씨가 군동댁의 손을 잡았다. 전처의 눈에서 눈물이 핑그르르 흘러내린다. 이런 하면서 군동댁의 손을 놓았다. 나랑 같이 가요. 전처의 말에 군동댁이 자신의 손을 와락 움켜잡는다. 전처가 원망의 눈으로 자신을 노려본다. 여보, 미안해, 나는 산 사람이야. 아이들을 위해 나를 내버려 둬. 당신은 나와의 약속을 어긴 사람이야 용서할 수 없어! 여보, 제발. 그렇다면 당신의 반이라도 내가 가져가야겠어. 그래 그렇게 해. 당신이 그래야 한다면 그렇게 해. 가져가. 그 대신 나는 놓아줘.

사무실에서 집으로 가는 길에 낡고 긴 다리가 있다. 병진씨는 다리를 건널 때마다 항상 아슬아슬했다. 언제 내려앉을지 모르는 두려움 때문이다. 정부는 다리를 새로 놓겠다고 말만 하지 실지로 공사는 시작하지 않는다. 어려운 나라 살림에 쓸 만한 다리를 부수고 새 공사를 할 예산이 없기 때문이다. 일제강점기에 만든 다리는 여기저기 난간이 부서진 상태다. 그리고 잊힐만하면 누군가가 다리에서 발을 헛디디어 떨어져 죽는 사고가 일어났다. 그래서 병진씨도 언제나 이곳을 지날 때는 바싹 정신 차렸다. 사무실 앞에서 날씨가 추워 막걸리 한 잔 마셨다. 빈 속에 마신 술이 그를 휘청거리게 한다. 반이라도 가져가겠다는 전처의 말이 생각난다. 픽 웃음이 나온다. 귀신은 어리석다. 어떻게 산목숨의 반을 가져가겠다는 것인지.

여자는 군동댁이 차려준 밥을 맛있게 먹고 한참 그녀를 바라보다 혀를 차고 나갔다. 그녀는 귀를 씻어버리고 싶다. 듣지 않아도 좋을 말, 아니 어쩌면 꼭 들었어야 할 말인지 모른다. 창밖에 사뿐히 내려앉는 눈이 참 희다고 느껴진다. 흰색. 오싹 소름 돈다. 액자를 보았다. 귀신이라는 것이 있는가? 한 번도 생각해보지 않은 물음이다. 액자를 보았다. 자신을 대하는 남편의 태도로 보아 전처에게도 잘했을 것이다. 차마 눈을 감지 못했겠지. 남편과 상의해 살풀이라도 해줘야지. 그리고 사진을 없애야지 생각했다. 혼자 사진을 없애기는 양심이 허락하지 않는다. 그래도 아이들의 엄마다. 이제 조금 진심이 통하는지 상냥해진 아이들이다. 그런데 갑자기 친엄마의 사진을 치운다면 내게 어떤 마음을 가질지 짐작이 간다. 가끔 아이들이 사진틀을 오래 들여다보던 기억이 난다. 다만 무심코 지나친 일이다. 아이들이 엄마를 보고 있었다는 생각은 하지 못했다. 남편도 가끔 액자를 보았다. 그저 일상이려니 생각했다.

죽은 자에 대해 질투 같은 것은 어리석은 일이다. 산 자를 위한 질투에 결국 남편에게 쫓겨난 군동댁이다. 소박맞으면서 질투도 버렸다. 아니 하찮은 질투 때문에 두 번 자신의 일생을 그르칠 생각이 없다. 다만 서운한 것은 남편이 자신을 이 방에 들이기 전에 사진을 없애지 않는 점이다. 액자 귀퉁이에서 자신과 남편의 일거수일투족을 내려다보는 망자의 심정이 어떠했을지. 유난히 뜨거운 남편, 정말 고마운 남편. 그래서 남편의 뜻을 거스르고 싶지 않다. 아이들의 사모곡을 무시하지 않겠다. 아이들의 어머니가 결코 될 수 없다는 것을 너무 잘 안다. 조심하면 거리감을 느끼고 조금 등한시하면 소외감을 느끼는 아이들. 그래서 시어머니보다 더 조심스러운 아이들, 남편보다 어려운 상대다. 내 배 아파 낳은 아이들을 이렇게 조심하면 그들은 엄마를 하늘같이 받들겠지 하며 쓴웃음 짓고 지금이라도 눈먼 딸이라도 점지해주십사 바라지만, 꿈일 뿐이다.

군동댁이 바라는 것이 있다면 남편보다 하루 먼저 자신의 목숨이 끊어지는 것이다. 대개의 부부는 남편이 먼저 죽기를 바란다. 늙어도 혼자 남은 여자는 할 일이 있지만 남자는 그렇지 못하기 때문이다. 아무 것도 하지 못하고 이리저리 치이는 짐 덩어리가 돼버리는 것이 아내를 먼저 보낸 남자의 여생이다. 재산이라도 있으면 쉽게 여자를 구할 수 있지만 그렇게 들어온 여자들은 대개 남자가 병들면 헌신짝처럼 버리고 떠나버렸다. 그래도 자기들을 낳지 않는 나보다는 생부인 아버지니 위하겠지 하는 것이 그녀 생각이다. 그래서 남편이 자기보다 늦게 아니 남편이 자기의 시신을 처리해주기를 바랐다. 너무나 간절한 소망이다. 그래서 죽는 날까지 남편을 위해 최선을 다해 헌신할 생각이다.

발을 잘 못 디뎌 남편이 다리 아래로 떨어졌다는 소식을 듣고 군동댁은 사색이 되었다. 그러는 게 아니야. 자신을 나무랐다. 떠돌이 여자의 이야기를 듣고 감히 전처의 사진을 치우려고 하다니. 하느님이 내 욕심에 벌을 주신 것이야. 제발 무탈하게, 아니 죽지만 않는다면, 그녀는 버선발로 눈길을 뛰어 병원 응급실로 들어섰다. 응급실은 언제나 비명이 가득 찼다. 분주하게 오가는 의사들과 간호사들. 내 남편은 어디에? 응급실 구석에 죽은 듯이 누워있는 남편이 보인다. 하얀 헝겊이 얼굴까지 씌워지지 않는 것으로 봐 죽지 않는 모양이다. 오, 하느님, 감사하고 고맙습니다.

'이것이 당신이 바라는 것이야. 반을 가져가겠다는 당신의 생각에 동의한 대가야.'

병진씨는 휠체어를 타고 퇴원하면서 처음으로 죽은 아내를 원망했다. 말없이 뒤에서 자기를 밀고 오는 군동댁을 생각하면서 너무나 이기적인 자기 생각과 아내의 욕심이 한이 맺힌다. 세상을 너무 가볍게 생각한 자신이 밉다.

네년이 들어오고 집안에 잘 되는 게 하나도 없다. 게거품을 뿜으며 내뱉는 시어머니의 독설을 군동댁은 묵묵히 참았다.

이런 것이었나? 용산댁으로서는 기막힌 일일 수밖에 없다. 남편의 무뚝뚝한 대접에도 아들이 있으므로 행복한 세월이었다. 장가들어 유난히 금실 좋아 보이는 아들이 내심 서운했지만 상처하기를 바란 적은 한 번도 없었다. 서운함은 지독한 시어머니로 자신을 둔갑시켰지만 예로부터 남편 복 없는 여자는 자식 복도 없다지 않았는가? 그러려니 하고 체념하는 과정에 며느리가 병사했다. 할 일 없이 뒷방노인이 되어 심술난 상태에 며느리의 죽음은 용산댁에게 활기를 넣어주었다. 힘들지만 괜찮은 일이다. 아들도 효자고 손자. 손녀도 그녀의 말이라면 절대 복종했다. 군동댁을 처음 보았을 때. 그녀의 청승맞음이 마음에 들지 않았다. 선입견이 준 생각인가. 딱 소박맞을 관상이다. 그러나 나이는 어쩔 수 없는 적이다. 며느리에게 살림을 맡기고 몇 년 동안 너무 편히 살다 다시 살림을 시작하니 몸이 제대로 말을 듣지 않는다. 그래서 아들의 혼사를 서둘렀지만, 다시 여자에 빠진 아들이 못내 서운하다. 남편의 무심함에 비해 아들은 이상하게 여자에 대해 지극하다. 그래서 군동댁에게 심한 시어머니가 되었다. 자신의 앙탈에 곰처럼 무딘 군동댁을 보면서 가끔 후회도 하지만 습관이 돼버린 성격을 고칠 생각은 하지 않았다. 이상하게 군동댁에 대한 미움은 쉬이 가시지 않아 오히려 거북한 상태였다. 그런데 아들이 덜컥 병신이 되어 집으로 들어선 것이다. 저년의 청승이 내 아들을 잡았다. 그렇게 생각하니 군동댁이 미워 죽겠다. 하지만 이제 군동댁를 어떻게 할 수도 없다. 하반신 마비라는 무시무시한 병명. 아들은 혼자 아무것도 할 수 없는 상태. 그렇다고 자신이 아들 곁을 끝까지 지킬 수도 없는 현실. 절망이 슬픔으로 변질하더니 군동댁에 대한 미움으로 변했다. 그것은 자신의 박복한 팔자에 대한 한풀이와 같았다.

액자 이야기는 감히 꺼낼 수도 없다. 누구의 저주일까? 자신의 서러운 인생을 탓했다. 그런 거였어. 첫 단추를 잘못 끼워놓고 무슨 영화를 바랬나? 남편의 성격은 자상함에서 극도의 괴팍함으로 변했다. 남자로서의 구실을 할 수 없게 된 남편, 무기력은 난폭으로 잽싸게 옷을 갈아입었다. 타협의 여지는 아무리 찾아도 없다. 하던 일은 접고 집안에서 소일했다. 그러나 군동댁는 그렇게라도 있어준 남편에 감사했다. 절대 자신을 배반하지 못할 남편이다. 언제나 내 사람이 아니었던 남자들. 첫 남편도 그랬고 지금의 남편도 반쪽이다. 아이들이 커가면서 스스로 자신의 위험한 위치에 위기감을 느낀 군동댁이다. 이제 남편을 위해서도 나는 이 집의 절대 필요한 존재라는 서글픈 자신감. 실지로 아이들이 군동댁를 대하는 태도가 현저하게 달라졌다. 아이들은 대단히 영악한 동물들이다. 지금 아버지를 돌봐줄 사람이 군동댁임을 너무 잘 꿰뚫은 것이다. 무서운 이기심이다. 아이들은 밖으로 자유롭게 날아다니기 위해 군동댁을 필요로 했다.

여름을 방바닥에 등을 대고 보내는 남편의 등에는 땀띠가 범벅이다. 날마다 깨끗한 수건으로 남편의 몸을 닦아주지만, 남편의 몸에서는 여러 가지 냄새가 났다. 이틀에 한 번 정도 손가락으로 남편의 항문에 손을 넣어 똥을 파냈다. 어른의 똥은 냄새도 지독하다. 윗목에 둔 요강은 하루에도 몇 번 군동댁을 심부름 시킨다. 누구 말마따나 창자는 정상이니 무엇을 나무라겠는가? 시어머니는 허구한 날 술타령이다. 남편을 휠체어에 태우고 바람을 쐴 심사로 대문 밖으로 나가면 사람들이 수군 거린다. 조강지처도 아니면서 바보짓이라고 대놓고 수군거렸다. 군동댁은 이를 악물었다. 그런 주위의 시선보다 힘든 것은 남편의 변화다. 그토록 다정하고 뜨겁던 남편의 성격이 변하기 시작한 것이다. 의심과 포악이다. 애원과 멸시다. 이렇게 된 것이 당신의 박복한 팔자니 제발 자기를 버리지 말아 달라 애원했다가 잠깐 시어머니에게 맡기고 시장이라도 다녀오면 어떤 놈을 만났느냐 닦달이다.

어느 날은 화장품을 전부 버리기도 한다. 입을 만한 옷가지를 가위로 전부 찢기도 했다. 남편은 스스로 피폐해지기 시작했다. 인력으로 할 수 없는 일이라고 친정 식구들이 문안 와 헛고생 말라 은근히 부추기지만, 그녀는 끄떡없다. 너희가 내 가족이 될 수 없듯이 남편을 떠날 수 없다 생각했다. 부모가 만들어준 더러운 팔자, 새삼스레 나보고 고치라니 천부당만부당한 소리. 이런 남편이라도 있어 외롭지 않다고. 당신들은 가족과 살면서 내 외로움에 대해 한 번이라도 생각해 본 적이 있느냐고 외치고 싶다. 그녀의 일상은 지극히 단순했다. 고마운 것은 아이들이 끔찍할 정도로 자신을 돌봐준다는 것이다. 하나를 잃으면 다른 것을 얻는다는 옛말이 이런 것을 두고 하는 것인지.

아내의 기일. 언제나 정성을 다하는 군동댁의 몸놀림을 그는 의자에 앉아 보고 있다. 도시로 가서 취직한 자식들도 모두 오는 날이다. 가끔 아이들이 다녀갔다. 그네들은 간단히 먹을거리를 사 들고 와서 잠깐 앉앗다 무엇이 바쁜지 황급히 떠났다. 그래도 오늘은 자기 어머니 기일이라 하룻밤 지내고 갈 모양이다. 적막강산이었던 집이 시끌벅적하다. 어머니는 아침부터 읍내 나가 얼마나 술을 드셨는지 요란한 콧소리를 내며 건넛방에서 주무신다. 어머니에 대한 죄스러움도 힘든 일 중 하나다. 일찍 남편을 보내고 힘겹게 남매를 키운 어머니. 멀리 시집간 동생은 소식이 끊긴 지 오래다. 먹고 살기 힘들면 친정과 왕래를 끊는 것이 여자의 도리라면서 어느 해부터 소식을 전하지 않는 동생을 나무랄 생각이 없다. 풍족하지 못한 살림에 동생의 가난에 무심한 자신이다. 모든 것이 죄스러운데 자신이 이렇게 된 뒤로 술에 묻혀 사시는 어머니를 나무랄 수도 없다. 모든 것이 자신의 죄라 생각했다.

죽은 아내도 딱하지만 군동댁도 미안하고 고맙다. 자기의 어떤 투정도 얼굴 찌푸리지 않고 받아주는 군동댁이다. 이제는 병진씨도 알았다. 군동댁이 자신을 떠나지 않을 것. 처음이나 지금이나 한결같은 여자. 어떻게 군동댁에게 보상을 해줘야 할지 최대 고민이다. 군동댁을 데리고 읍사무소에 가서 논 몇 마지기를 이전해주었다. 한사코 사양하는 군동댁에게 억지로 준 것이다. 당신이 오래 살면 되잖아요. 맞는 말이다. 그러나 그럴 생각이 없다. 군동댁을 다시 만나 행복했다. 살림도 늘어났다. 다만 자기가 하반신 불구가 된 것 외에는 모든 것이 좋아진 상태다. 복이 이뿐이구나 체념하니 마음이 편하다. 군동댁을 놓아 줘야겠다고 생각했다. 그러나 그 시기를 잡지 못하겠다. 여보, 당신이 나를 데려가주지 않겠소? 액자 귀퉁이에 있는 아내에게 말해보았다. 사실 병진씨가 아내의 사진이 그곳에 있는 것을 안 것은 사고가 난 후였다. 누가 그

곳에 아내의 사진은 넣어두었을까 생각해보았다. 가끔 액자를 눈여겨
본 것은 아이들 때문이다. 흑백사진 속 아이들의 모습이 안쓰러워서였
다. 아내의 사진이 있으리라고는 생각지도 않았다. 아내는 사진을 찍은
적이 없기 때문이다. 어머니의 젊은 모습이라고 생각했다. 사진의 주인
이 아내인 것을 안 것은 사고 후에 할 일이 없어 무심히 오래 사진액자
를 관찰하면서부터다. 군동댁에게 미안하다. 사진을 치워달라고 말하기
도 미안했다. 그러나 이제는 말해야지 생각했다. 아이들이 마지막 술잔
을 올리고 아랫목에 쪼그려 잠이 든 것을 보았다. 군동댁의 부축을 받
아 자리에 누웠다. 내일 아침에 아이들에게 사진을 빼라고 말할 생각이
다.

　잠이 폭포수보다 세게 쏟아진다. 이런 일은 없었다. 남편이 다친 뒤로
어느 밤도 깊이 잠든 적이 없는 군동댁이다. 남편의 숨소리를 확인해야
하고 조금의 움직임도 간파해야 한다. 그러려면 여우 잠이 아니면 안 된
다. 오늘따라 다른 식구들이 많아 긴장이 풀린 탓인가 생각했다. 그래
조금만 자고 일어나자. 그리고 새벽이 오기 전에 제사상을 치워야지. 그
녀는 방구석에서 벽에 머리를 기대고 잠이 들었다. 넓지 않은 방에 제
사상을 비롯한 많은 식구가 새우잠을 자고 있기 때문이다. 모처럼 참
편안하다.

　미로라는 것이 이런 것인가? 아무리 길을 찾으려 해도 안개가 걷히지
않는다. 이상하다. 안개는 그래도 가까운 곳은 보이는데. 한 치 앞도 보
이지 않는다. 그래도 당신이 있어 제가 이곳에 머물 수 있습니다. 의자
에 앉아서 자기를 내려다보고 있는 남편을 향해 미소를 지었다. 어떻게

혼자 의자에 앉았을까? 아이들이 도와주었나? 이상하다. 아이들은 모두 곤히 자고 있는데. 그런데 어떻게? 저 여자? 사진 속의 여자가 남편을 돕고 있다. 아주 슬픈 얼굴을 하고 있다. 그래도 혼이라도 내가 고마운가 보네. 그녀는 여자를 향해 미소를 지었다. 그리고 여자를 잡으려고 손을 내밀었다. 나는 당신의 질투 대상이 아니라고 자기의 마음을 전하고 싶다. 유난히 금실이 좋았다는 이야기를 시어머니가 들려주었다. 그리고 그녀의 마지막 순간도 들려주었다. 그 애절함을 그녀는 알 수 있었다. 제발 미련 버리고 편히 가세요. 당신 아이들 잘 키울게요. 바르게 자라도록 최선을 다할게요. 그녀는 진실로 호소했다. 여자는 여전히 노한 얼굴이다. 열심히 호소했다. 지성이면 감천이라는데.

"아버지, 아버지."

꿈속에서 들리는 소리치고는 너무 현실적이다. 눈을 뜨려는데 잘 떠지지 않는다. 눈이 마주친 여자의 싸늘한 웃음이 소름 끼친다. 자신의 호의가 전달되지 않는 게 안타깝다.

"저년은 제 서방이 죽었는데도 잠만 자고 있네. 망할 년 같으니라고."

시어머니의 고함에 그녀는 번쩍 잠이 깼다. 너무 편안한 얼굴로 죽어 있는 남편의 모습에 억장이 무너진다. 가슴이 너무 아프다. 저렇게 편안하게 갈 수 있단 말인가? 그동안 자신의 정성이 이렇게 아무것도 아니었단 말인가. 정말 야속한 생각이 든다.

"망할 년, 기어이 제 서방을 데려갔어. 독한 년!"

용산댁의 울부짖음의 상대가 누구인지 애매하다.

이제 나는 어디로 가야 하나? 군동댁의 마음이다. 남편의 물건들을 태우면서 암담하다. 사십구재로 탈상했다. 남편의 남은 물건들을 태우면서 갈 곳을 생각했다. 시어머니가 자기를 잡아주면 좋겠지만 줄곧 남편 잡아먹은 년이라고 악담을 한 것으로 보아 당장 오늘이라도 내칠 기세다. 이 집에서 살아야 할 이유를 찾지 못하고 엉거주춤 상태로 그녀는 서 있었다. 아무도 용산댁의 거취에 관해 이야기하지 않는다. 집안이 너무 조용하다.

방문을 걸어 잠그고 군동댁을 보려고도 하지 않는 용산댁이다.

"뭐하냐? 이년아 배고파 죽겠다. 빨리 밥 주라."

용산댁의 고함이 저승사자만큼 무섭다. 그러나 그녀는 자신을 찾는 용산댁이 반갑다. 지금 당장은 내치지 않을 모양이다는 안심이다. 서둘러 밥상을 올렸다. 부엌에서 혼자 밥 먹기도 이젠 질린다. 정말 나는 죄인일까 하는 의심 때문에 그동안 용산댁과 밥도 같이 먹지 못했다. 용산댁도 절대로 부르지 않았다. 남편과 마찬가지로 소홀하지 않았다. 허겁지겁 밥을 먹는 용산댁의 모습이 이상하다. 그러고 보니 아침을 먹고 점심까지는 아직 시간이 많이 남았다. 퍼뜩 이상한 생각이 들어 용산댁을 보았다. 손가락으로 반찬을 집어 먹는다. 이런 일은 없었다.

"이년아. 같이 밥 먹자. 그렇게 물끄러미 쳐다보지 마라. 내가 무슨 동물원 원숭이라도 되냐? 어서 네년 밥도 갖고 와라."

어머님, 아직은 하려다 그녀는 용산댁을 보았다. 히죽 웃는 모습이 어린애 같다. 졸지에 아들을 잃고 정신이라도 나간 것일까. 용산댁과의 시집살이 오 년 동안 한 번도 겸상해 본 적이 없었다. 재취를 죄인 취급한 용산댁 때문이다. 그런데 이 무슨 해괴한 변화인가.

"어미야, 이제 우리만 남았다."

"어머님, 내치지만 말아 주십시오."

그리고 생각하니 어젯밤 방문을 굳게 닫고 자기를 제외한 식구들이 무엇인가 의논을 하는 것 같았다. 자신의 거취 문제라 생각하니 감히 아는 체할 수도 없었다. 그들 중 내 편은 없다는 절망감을 어찌 말로 표현하겠는가. 이제 별수 없이 이곳을 떠나야 한다는 생각이 가슴을 아프게 한다. 참 덧없는 인생이다. 어느 순간도 평화가 없었던 삶. 그러나 혼자가 아니었기에 견딜 수 있었던 곳. 참 야속한 사람들이다. 누워있어도 남편이 최고라던 말이 생각난다. 이런 것이었구나. 전생에 지은 죄가 얼마나 커서 이리 곤욕을 치르고 다시 혼자인 상태로 세상에 버려져야 한다니. 차라리 날 낳지 마시지. 처음으로 부모를 원망했다.

이제 정말 나는 어디로 가야 하나?

시어머니의 사십구재를 지내고 군동댁은 하염없이 눈물을 흘렸다. 삶의 마지막 끈이었던 시어머니. 이제 더 살아야 할 이유가 없어진 상태. 같이 따라 차라리 죽을 것을. 시어머니의 모진 구박이 그립다. 그것은 자신을 필요로 하는 사람의 소리였다. 도시로 나간 아이들은 그녀가 노망난 할머니를 모시고 있건만 일 년에 한두 번 얼굴을 비칠 뿐이다. 그리고 마지막 할머니의 사십구재도 그녀에게 맡기고 얼굴을 내밀지도 않았다. 마지막 눈을 감으면서 미안하다며 눈물 글썽이던 시어머니. 그녀는 그때 시어머니의 치매 행적이 거짓이었음을 알았다. 그러나 원망보다

고마움에 눈물이 솟구쳤다.

그것은 갈 곳 없는 노인의 마지막 몸부림이고 외로운 사람들의 사랑법이었다. 이런 것이었구나. 전생에 지은 죄가 얼마나 많아 이리 곤욕을 치르고 다시 혼자인 상태.

그녀는 정신이 반쯤 나간 상태로 도로를 걸었다. 혼자지만 무엇인가 먹어야겠기에 시장을 다녀오는 길이다. 평소 시어머니가 즐겨 드시던 푸성귀만 잔뜩 샀다. 어머님, 당신의 투정은 미움이 아니라 외로움에 대한 항변이었고 제게 대한 사랑이었습니다. 죽는 날까지 살아 보자. 어차피 살아야 할 것 열심히 살아 보자. 그런데 이렇게 살 이유가 없으니 난 어찌해야 하는가?

끼이익!

버스가 그녀를 치고 급정거를 했다. 군동댁의 피로 땅바닥에 그림이 그려졌다. 그녀는 남편과 시어머니의 손을 잡았다. 남편 뒤에서 그 여자가 서글프게 웃고 있다. 이제 우리 미움, 원망 다 버리고 오순도순 살아요. 군동댁은 그녀에게 진심으로 말했다.

멀리 붉은 하늘이 그녀를 배웅했다. 구름이 붉은 옷을 걸치고 두둥실 떠가는 초가을이다.

서산에 걸린 해가 잠시 쉬는 듯하더니 빠르게 사라졌다. 붉다고 전부 아름다운 것은 아니었다. 때로 절망, 슬픔도 붉은 옷을 입기도 했다. 석양처럼.

타인의 운명

타인의 운명

그녀를 버렸다. 아니 버린 것이 아니라 무서워서 찾지 않았다는 것이 더 적절한 표현이다. 밀물보다 강한 감성의 소유자에 대한 두려움 때문이었다. 그리고 그녀를 찾을만한 여력도 없게 된 상황이 계속되었었다. 모든 것이 한꺼번에 자신을 떠났고, 자신의 존재마저도 의심스러운 그런 상황이 닥쳐왔기 때문이다. 그렇게 자신의 인생이 타인에 의해 멋대로 조작되고 있었다. 스스로 썩 대단한 남자라는 생각에 언제나 가슴을 펴고 자신감 속에 살았는데 어쩐지 그녀를 만나고부터는 마음이 자꾸 위축되었었다. 알 수 없는 변화였다. 무엇인가 알 수 없는 힘이 자신을 지배하고 있다는 생각이 들었고 그것은 두려움이었다.

"민경이에요."

어두운 불빛 아래서 그녀의 하얗고 고른 이가 잠깐 현기증을 일으켰다. 그것은 호감을 동무한 야릇한 전율이었다. 깊이 숨을 쉬어 보았다. 가슴 밑바닥에 알 수 없는 기쁨이 솟구치고, 몸 전체가 갑자기 뜨겁게 달아올랐다. 마치 초겨울에 적당량의 술이 몸 전체를 달구어 추위를 없애주는 기분이었다.

진호는 할 일을 다 했다는 몸짓은 보이고 나가 버렸다. 그런 진호의 표정이, 초등학교 체육시간에, 이웃 반과 피구시합을 할 때, 재수 없이 제일 먼저 공에 맞아 퇴장하는 아동의 어색해서 어쩔 줄 모르는 그런 표정이었다. 묘한 기분이 들었다.

음악이 작은 소리로 두 사람의 주위에 머물렀다. 민경의 미소가 어두운 것이 약간 마음에 걸렸다. 자신의 경쾌함이 오히려 상대의 마음을 위축시킨 것이 아닌가 하는 의구심이 들었다. 지나친 만족감은 오히려 상대의 마음을 부담스럽게 하는 경우가 많다고 하니.

"저는……."

"윤지혁씨죠. 알고 있어요. 가끔 볼 수 있었어요."

"저는?"

"같은 건물이잖아요. 그래서 이런 자리 어색해서……. 원하지 않았어요. 그랬는데 우연히, 아니 우연이 아닐지도 모르죠? 세상에 우연이란 없어요."

지혁은 담배를 피우려고 했다. 그런데 비상구 아래 금연이라고 써진 불빛이 조용히 지혁을 향해 눈을 흘겼다. 민경 앞에서 첫 번째 의지가 저지당했다. 담배에 대한 갈증은 참 견디기 힘든 것인데도 지혁은 자신을 눌렀다. 소중한 만남에 대한 예의가 아니라고 생각하면서.

제기랄. 입속에서 불평이 블랙커피 맛이다. 민경의 강한 눈빛을 정면으로 받았다. 당돌하고 강한 눈빛이다.

첫 만남에 상대를 허둥대게 하다니, 대단하군.

가슴속에서 희열이 손안에 조약돌처럼 움직였다. 움직이는 조약돌이 서로 부딪혀 작은 음악을 만들었다. 어려서 즐겨 부른 노래처럼 아름다운 생각이 전신을 나른하게 했다. 첫 만남치곤 대단한 흡인력이다. 밖으로 나왔다. 땅에 뒹굴고 있는 하얀 꽃잎들을 보았다.

"일단 우리의 만남은 성공인가요?"

지혁은 자신의 제스처에서 공감이라는 뜻이 전달되었겠지, 생각하면서 민경의 말에 웃었다.

"그러면 언제나 즐거운 마음으로 만나요."

"언제 또 만날까요?"

"철쭉이 만발하면, 아니 언제라도 생각이 나면 연락해주세요. 아! 한 가지 약속해요. 우리 알고 지내는 동안은 서로에게 충실해요. 이것은 의무사항이에요."

"알고 지내는 동안에?"

"그 이상의 진전은 나중에 생각해요."

벚꽃이 눈처럼 날리는 봄날이다. 큰길마다 벚꽃이 만발하다. 그리고 연초록으로 변하기 시작한 산에도 듬성듬성 벚꽃이 피어있다. 진달래는 새싹들의 요란함 속에서 수줍어하지만, 벚꽃은 그렇지 않다. 진달래가 봄 산에서 여인의 자태를 연상한다면 벚꽃은 남자라고 비유할 만하다.

민경이 벚꽃 같다. 지혁은 땅에 눈처럼 쌓여있는 꽃잎을 보면서 민경을 생각했다. 재잘재잘 종달새처럼 민경은 말을 계속했다.

"벚꽃이 예쁩니다."

지혁이 오랜만에 입을 열었다. 꽃이 예쁘다. 예쁩니다. 초등학교 일학년 수준의 단순한 표현이다. 자꾸 허둥대는 감정이 짜증이 났다. 왜 이런 위축된 기분의 연속일까? 처음부터 자신의 감정이 자꾸 갈팡질팡하는 이유를 알 수 없다. 그래서 마음 내키지 않으면서도 떨쳐낼 수 없는 이유가 무엇일까? 당돌해서 무섭다. 민경의 눈에서 나오는 우울한 기운이 올가미처럼 자신을 붙잡는다.

"사람들은 벚꽃이 일본의 국화라고 일단 거부감을 느끼지만 저는 그렇지 않아요. 이른 봄에 우리에게 강한 아름다움을 느끼게 해 주는 식물에 호감이 가요. 추운 겨울 동안 개화를 위해 다른 나무보다 더 서둘렀을 마음이 기특하죠. 지혁씨 궁금한 게 있어요. 언제나 여자 앞에서 그 표정이에요? 흔히 똥 밟는 표정이라고 하죠."

"……."

"제게 대해 호의가 전혀 없다는 생각은 안 해요. 지혁씨의 웃음엔 호의가 묻어 있었어요. 그리고 우린 썩 괜찮은 조건들을 갖고 있어요. 결혼한다고 해도 크게 장애가 될 만한 것은 없어요. 그러니 행여 이별이 전제되는 만남이 아니려나 하는 생각은 버리셔도 좋아요. 그런데 지금 그 표정이 마음에 걸리거든요. 진호씨가 지혁씨를 소개할 때 왕자병 말기인 경주마라고 했거든요."

"그렇습니다."

"그런데 왜 제게? 어떤 두려움이 있나요? 운명적인?"

운명적! 갑자기 지혁은 걸음을 멈췄다. 운명! 고약한 인생의 방해자. 그리고 인간의 비극을 합리화시키는 무서운 말. 전지전능의 힘이 작용

하는 불가사의한 일.

그렇게 느낀 것일까. 운명이라는 말을 할 때 민경의 입술이 실룩거렸다. 묘한 느낌이다.

바람이 부는 작은 언덕에서 하얀 꼬마 꽃은 보았다. 바람꽃. 미미한 바람에도 하느작거리는 너무나 작고 아름다운 하얀 꽃. 벚꽃보다 더 작지만, 너무 예쁜 꽃이다.

민경이 엎드려 바람꽃을 만져본다. 너무 작아 손에 잡히지도 않는다.

"운명을 믿으셔요?"

민경의 물음에 지혁의 생각이 끊어졌다. 운명이라. 믿는 것도 아니고 부정하는 것도 아니다. 운명은 생각하기에 스물일곱이라는 나이는 아직 너무 젊지 않은가. 운명 운운은 늙은이의 잠꼬대가 아니겠는가. 인생의 고난에 지친 사람들이 자포자기 상태에서 스스로 위로받고자 뱉는 넋두리가 아니었던가? 그런데 이제 스물넷밖에 안된 민경의 입에서 운명이라는 말이 거침없이 나오다니. 인연을 운명이라 잘못 표현한 것으로 생각했다. 그러나 민경의 말을 반박할만한 큰 이유도 없기에 지혁은 웃기만 했다

"당신이 벚꽃 같다는 느낌이 듭니다."

"저는 바람꽃이 더 좋아요. 그렇지만 지혁씨의 비유도 즐겁게 접수하겠어요."

지혁의 말에 민경이 대단히 큰 소리로 웃었다. 바쁘게 피었다 서둘러지는 꽃에 누구도 매력을 느끼지 않는다. 더구나 국민 정서에 알레르기 현상을 일으키는 꽃이다. 그런데 왜 그런 느낌이 들었을까?

지혁은 꽃잎을 유심히 보았다. 너무 예쁘다. 작은 꽃 하나하나 너무나 예쁘다. 그런 예쁜 꽃이 군락(群落)을 이루고 있으니 금상첨화였다. 어두운 밤. 불빛 아래 벚꽃은 누가 뭐라 표현할 수 없을 만큼 예쁘다. 지혁은 아파트단지에 피어 주민을 즐겁게 하는 벚꽃에 언제나 감탄했다. 도시의 우울하고 권태로운 봄밤을 벚꽃이 아름답게 수를 놓아 주었다.

성급한 타산일까? 지혁의 말에 민경은 웃지 못했다. 갑자기 정말 이래도 되는 것일까 하는 의문이 생겼기 때문이다. 윤지혁. 같은 건물에 서너 번 보았다. 좋은 인상이었다. 그래. 한 번쯤 진한 애정의 상대가 되어도 좋겠다. 엘리베이터 안에서 지혁을 처음 보았을 때 소녀처럼 가슴이 설렜다. 잘 어울리는 티셔츠의 색깔 때문일까. 멋쟁이다. 대단한 미적 감각을 지녔다. 흰 Y 셔츠라야 어울리는 시대에 지혁의 연보라색 셔츠는 가히 일품이다. 조금은 아깝군. 그러나 민경은 곧 생각을 접었다. 어차피 누군가를 희생시킬 운명이라면 제법 근사한 사람이면 좋겠지. 내 인생에 끌어 넣을만한 가치가 충분히 있는 사람이다. 그러나 역시 조금은 아깝기도 하다. 민경은 자꾸 헷갈렸다.

"어때?"

민경을 소개한 진호가 묻자 지혁은 얼른 대답하지 않았다. 진호는 지혁의 대학 동창이고 회사 동기다. 공채 1기는 대단한 실력을 갖추고 있었지만, 그것을 사용할 만큼 회사가 안정적이지 못해서 두 사람은 가끔 회사를 신랄하게 비판하는 동기였다.

"영 아니야?"

진호가 재촉했다. 지혁은 그렇지 않다는 의사 표현은 해야겠기에 고개를 저었다.

"어떻게 알게 된 사이지?"

"가끔 애경(哀慶)사 때 찾는 정도의 먼 친척이야."

"자네와 어떤 인연도 불가능한 상탠가?"

"그러니까 윤 대리에게 소개했지. 조금만 가능성이 있어도 내가 덤볐을 거야. 썩 괜찮은 여자거든. 같은 건물 안에 근무한 것을 안 것은 최근의 일이야. 서울이 참 좁다는 생각이 들어."

"땅은 좁지. 그러나 인구가 많아 넓게 느껴질 뿐이야. 인구의 팽창으로 땅도 넓을 것이라고 오인하는 사람들이 생각보다 많거든."

"그래 서울은 정말 좁지! 인간의 심장보다!"

"진리지."

두 사람은 같이 웃었다. 창 너머로 빽빽한 건물이 보인다. 어디까지 올라가야 멈출지. 도시는 쉴 줄 모르고 발악하고 있다. 그저 하늘 높은 것을 시기만 하고 있다. 이러다가는 정말 아파트가 하늘을 찌를 때가 있겠구나 생각이 들었다. 멀리 보이는 산이 안개로 희미하다.

"민경씨에게 두려움이 느껴져."

"공감이야."

지혁은 진호의 표정을 보았다. 진지한 두려움이 보였다. 두려워서 내게 소개했나. 어떤 두려움?

백목련이 떨어지면서 회사 정원이 더럽다. 청소하는 아주머니의 이마에 주름이 생긴다. 백목련은 추한 모습을 사람들에게 보여준다. 그러나 벚꽃잎은 땅에서도 여전히 예쁘다. 큰 꽃보다는 작은 꽃이 훨씬 예뻤다. 그리고 색이 흰 꽃은 모두 나름대로 예쁜 모양을 갖고 있었다. 흰색. 남의 눈에 잘 띄지 않는 외로움 때문에 모양이라도 예뻐야겠다는 오기인지 모른다. 백목련은 서둘러 떨어졌다. 민경과의 만남에 지혁은 의미를 부여했다. 집에서 결혼을 들먹였다. 아직은 좀 이르지 하면서 지혁은 민경의 이야기를 부모님에게 했다.

"궁합이라는 것을 믿으셔요? 아니 팔자라는 것을 믿으셔요?"

부모님의 뜻을 전하자 민경의 표정이 흐려졌다. 지혁은 강요하지 않았다. 운명이라는 말과 비슷한 의미가 있는 말이다.

"저는 그런 것 관여하지 않습니다. 다만 부모님께 민경씨 이야기를 했더니 그럼 생년월일이나 알아 오라고. 상투적인 일이지요. 민경씨는 저와의 결혼에 대해서는 아직 걸음마도 하지 않으셨군요. 헛물켜서 미안합니다.

"당신을 사랑할 수는 있어요. 아니 사랑할게요."

"사랑은 임의로 되는 것이 아니에요."

"저는 그러나 할 수 있어요."

"고맙군요."

지혁은 웃었다. 몇 번 만났다고 벌써 결혼을 들먹이다니, 자신의 경솔함이 느껴졌다.

"당신에게 충실할게요."

민경은 말로서 지혁을 충분히 행복에 잠기게 했다. 사랑을 임의로 할 수 있는 여자? 그리고 자신의 감정을 조금도 감추지 않는 여자. 또한 남자의 마음을 마구 잡고 휘두르려는 여자. 그래서 어쩔 수 없이 매력적인 여자. 그래 서두르지 말자고 지혁도 생각했다. 나른한 봄날. 낮잠을 즐길 수 있는 평화를 가져다주는 민경이었다. 지혁은 자신을 향한 민경의 충실함에 불만은 없다.

"당신의 가슴속에서 날개를 접고 잠드는 새가 되겠어요."

민경은 항상 달콤하게 지혁의 감정을 간질였다. 만날 때마다 색이 다른 행복을 안겨주는 민경이 지혁은 무작정 좋았다. 흔한 삼류소설의 한 구절을 들려주건만 조금도 싫지 않았다. 민경이 자신의 마음을 갖기 위해 너무 서두르는 듯한 느낌이 들었다. 성질이 대단히 급한 모양이다고 웃었다. 지혁은 민경이 만들어주는 행복에 점점 취해갔다. 아편을 맞는 희열이 있었다. 민경은 그렇게 주기적으로 지혁의 감정을 간지럽혔다. 웃는다는 것은 어쨌든 행복한 일이다.

사람들은 합법적인 민주화를 원했다. 박 대통령이 죽고 2~3년 동안 정부는 우습게 국민을 우롱했다. 지혁은 남쪽의 소식에 마음이 무겁다. 광주. 버리려고 해도 부모가 계시는 곳이었다. 연일 데모가 일어난다는 소식은 정말 듣고 싶지 않았다.

"한 번 왔다 가거라."

오월이 되면서 아버지의 성화가 계속되었다. 광주의 변두리에 사시는 아버지는 지혁이 그곳으로 내려오기를 원했다. 서울은 사람 살 곳이 아니야. 그가 서울로 대학진학을 할 때 아버지는 만류했다. 서울은 그냥 가끔 가서 지내는 곳으로 만족해라. 그러나 지혁은 서울에서 살기를 원했다. 그리고 벌써 칠 년째, 서울 생활을 하고 있지만, 아버지의 마음은 여전히 지혁이 당신 곁으로 와주기만 바라고 있었다. 참 대단한 고집이었다.

5월 20일 아침이다. 지혁은 여느 때와 같이 출근을 서둘렀다. 그리고 언제나처럼 아버지에게 아침 인사를 드리려고 전화기를 들었다. 신호는 계속이지만 응답이 없다. 이상하다. 아버지는 두 번 이상 신호를 기다리시지 않는 분인데. 그는 광주의 다른 번호(고모)도 같은 현상인 것을 알았다. 무슨 일일까? 전화는 어떤 안내도 없이 종일 신호만 가고 불통이었다.

광주가 폭도들에 의해 점령당했다. 그럴 리가. 그런 일이란 있을 수 없는 일이야. 그는 신문사에 다니는 친구에게 전화했다. 폭도들이 방송국을 점령하고 전화국을 점령했단다. 폭도라는 말에 기분이 상했다. 그럴 리가? 광주는 무법천지가 되었대. 왜? 누가? 어떻게? 광주는 시민군에게 점령당했습니다. 유리창 깨진 버스가 질주하는 모습이 잠깐 TV에 방영되었고 날카로운 여자의 말소리도 들렸다. 시민군. 누가 만든 이름인가? 아하! 광주가 결국 더는 참지 못하고 반기를 들었구나. 그는 알수 있는 모든 방법을 동원해서 광주의 소식은 들으려 했지만, 그 이상은 들을 수 없었다.

용서하세요. 아버지. 그는 무작정 아래를 향한 기차에 올랐다. 광주는 들어갈 수 없다는 말에 제일 가까운 어느 곳이라도 좋다고 생각하고 기차를 탔다. 오월의 산은 녹음이 한창이었다. 이렇게 좋은 날에 이 무슨 해괴한 일인가?

장성에서 내렸다. 그러나 그는 더는 내려갈 수가 없었다. 광주로 들어가는 모든 길은 바리케이트가 쳐져 있고 소속이 애매한 군인들이 무장한 체 진을 치고 있었다. 그들은 충혈된 눈으로 모든 사람의 광주행을 막았다. 계엄군들이 그의 광주행을 저지시킨 것이다. 들어가면 죽습니다. 폭도들이 무고한 시민을 인질로 하고 있습니다. 같은 연배(年輩)의 소위가 그의 행동을 막았다. 그는 밤이 되어 도둑처럼 산을 타고 광주에 들어갔다. 광주의 밤은 서울의 밤과 같이 조용했다. 빨간 머리띠를 두른 남자들을 보았다. 그들은 폭도가 아니었다. 그들은 지혁을 환영했다. 지혁은 자신의 신분을 밝히고 밤에 들어와야 하는 절박한 상황을 이야기했다. 시민군이라는 사람은 정중히 그는 맞이했다.

시가지는 평온했다. 아니 오히려 조용했다. 북적대던 충장로도 무겁게 문이 닫혀 있었다. 유리창 깨진 버스 한 대가 가끔 무슨 소린가를 지껄이며 다니는 것 빼면 너무 조용했다. 배부른 삼십 대 초반의 여자가 두 아이를 데리고 시장에 가는 모습이 어설펐다. 활동사진에서 본 피난 행렬 같다. 표정 없는 소위가 군인 이십여 명을 데리고 부동자세로 서 있는 모습도 어쩐지 어색하기만 했다. 누군가가 소위를 향해 돌팔매질했으나 비켜 갔다. 지혁은 다행이다고 생각했다. 소위는 역시 무표정이었다. 무슨 생각을 하고 있는지 묻고 싶었다. 당신은 어느 편이냐고 묻고 싶었다.

오후 5시만 되면 모두 문을 잠그고 외출을 안 했다. 누구의 통제는 없었지만 모두 질서정연한 자세였다. 무시무시한 유언비어가 하루에도 수없이 많이 돌아다녔다. 피 흘리는 역사가 진행되고 있는 모양이다.

　지혁은 아버지의 눈에 갇혀 집안에 틀어박혔다. 지혁이 다시 서울로 돌아갈 길이 차단되었다. 어디로도 갈 수 없는 상태. 그리고 이런 사태가 얼마나 계속될지 누구도 예측할 수 없는 상황이다. 사람들은 조금씩 두려워지기 시작했다. 군인 가족은 주위의 차가운 응시 때문에 몸을 움츠렸다. 누군가의 입에서 불안이 새 나왔다. 정부군이 무장하고 진압 준비를 한단다. 지혁은 ○○부대에 근무하는 동생이 떠올랐다. 설마? 어른들은 6·25와 같은 무법 시대가 오지 않나 하고 걱정스러워했다.

　그런 일주일이 지나고 새벽, 정부는 계엄군이라는 절대 권력의 허수아비들을 광주로 파견했다. 시민들은 조용히 동작을 멈추었다. 까딱하면 큰 곤욕을 치를지도 모른다는 불안 때문에 시민들은 무기력하게 정부군을 맞이했고, 광주는 우는소리만 계속 들릴 뿐, 모든 것들은 본연의 자세가 되었다. 누구도 진실을 알지 못하는 상태가 되었다. 진실은 강한 어떤 힘으로 은폐되기 시작했다. 그의 광주행은 서울에서의 그를 모두 지워버렸다. 그는 다시 서울로 갈 기회마저 아버지에게 빼앗겨 엄두도 내지 못했다. 아버지는 지혁을 위해 당신이 모든 일을 마무리 지었다. 회사는 그에게 빨갱이라는 딱지를 붙여 책상을 치워버렸다고 한다. 빨갱이라는 말이 어이없었지만, 그는 광주사람이라는 것 하나로, 그리고 광주 민중항쟁 때 광주에 내려갔다는 사실만으로 모든 것을 잃었다. 실로 기막힌 노릇이었다. 충신이 된 반역의 주동자가 자신의 살상을 인정하지 않듯이, 그의 절박한 효심을 누구도 인정하지 않았다.

내가 간 것은? 지혁은 자신이 광주행을 설명하고자 했으니 누구도 그의 말에 귀를 기울이지 않았다. 그는 민경을 찾았으나 연락이 되지 않았다. 그냥 고향에서 머물 수밖에 없었다. 서울에서 인간과의 인연은 떠나오면서 끝이 났다. 사람들은 지혁에게 냉정했다. 운동권! 용공! 정부에 반대하는 자는 용공이 되었다.

그때와 똑같다. 아버지는 지혁에게 농사짓기를 권했다. 다양한 지식을 갖고 있으면서도 아버지는 어쩐 일인지 농사를 지으셨다. 아버지는 일제강점기에 일본 유학까지 다녀온 지식층이었지만 자신의 지식을 써먹지 않는 사람이었다. 공부 많이 한 놈은 다 도둑놈이다. 언제나 그런다. 배운 놈들은 모두 도둑질하는데 지식을 동원한다. 아버지의 궤변이었고 흔들리지도 않았다. 그리고 그는 농사를 열심히 짓는 일을 싫증을 내지 않고 계속하고 있었다. 공부란 자기 수양의 도구이지, 출세나 치부의 수단이 되어서는 안 된다는 것이 아버지의 철칙이었다.

아버지가 말하는 그때는 해방되고 얼마 되지 않는 어수선한 시기였다. 아버지는 좌익도 우익도 아니었다. 그냥 지식인이었지만 이쪽저쪽에서 언제나 견제한 인물이었다고 한다. 아버진 다만 유식한 농사꾼이었다. 아버지는 지혁이 고향에 눌러 않는 일을 차라리 다행으로 여기시는 눈치였고, 지혁도 어쩔 수 없는 상황에 농사에 열중했다. 그는 가끔 민경 생각을 했다. 아쉬웠으나 민경이 원한 것은 서울에서 내 모습이라고 생각했기에 연락할 생각을 하지 못했다. 내가 그녀를 버린 것이야, 지혁은 그렇게 생각하며 가끔 웃었다. 민경과의 만남은 젊은 순간의 행복이었다고 자위했다. 민경의 서두름은 어쩌면 이렇게 짧게 끝나버릴 인연에 대한 어떤 암시 때문인지 모른다고 생각되었다. 그래서 아쉽고 고마운 사람으로 민경은 지혁의 머리에 입력되었다. 그리고 생각했다. 그녀를 버렸다고. 찾지 못했다는 것보다는 더 확실한 자위 수단이었다.

민경은 지혁과의 단절에 어떤 기대를 걸었다. 광주 민중항쟁 때 광주에 내려가서 행방불명이 되었단다. 진호가 들려준 말이다. 그렇게 지혁과는 끝이 났다. 사람이 많이 죽었다는 유혈사태. 그녀는 시체들 속에 들어있을 지혁을 생각하면 가끔 가슴이 아팠다. 그러나 끝난 거야. 그의 운명이 그것뿐이었고 다만 내 운명의 자락에 그렇게 죽을 그의 운명이 약간 스쳤을 뿐이다. 민경은 애써 자기의 생각을 합리화시켰다. 진호와는 어떻게 할까? 아니 진호와 꾸민 엄청난 죄에 대해 우리는 누구에게 속죄할까? 민경은 진호와의 미래를 생각했다. 진호와 지혁이 바뀌었다면 더 좋았겠다는 생각이 든다. 누가 제안하지는 않았지만 서로의 가슴이 같이 움직였다. 운명은 피할 수 없는 것이야. 독 안에 들어도 팔자는 피하지 못한다고 했잖아.

진호가 좋았다. 대학 동기로 진호를 만났고 사랑이 생겼다. 아주 자연스러운 절차에 누구도 반기를 들지 않았다. 어느 날, 그들은 공원을 걷고 있었다. 공원 어귀에 앉아 지나가는 사람들에게 사주를 구걸하는 노인을 보고 두 사람은 장난삼아 궁합이라는 것을 보았다. 이리저리 책을 뒤적이던 할아버지가 혀를 끌끌 찼다. 두 사람은 서로를 보고 웃었다.

"여자가 과부 팔자야. 결혼하면 남자가 죽어."

말이라는 것은 일단 밖으로 나오면 지독한 효력이 있다. 진호의 얼굴이 굳어지는 것을 보았다. 민경도 기분이 좋을 수는 없었다. 필요 없는 짓을 했다는 자책이 생겼다. 어떻게 할까? 진호는 괜찮은 남자인데. 생년월일을 바꿔버릴까? 그렇다고 사주가 바뀌는 것은 아니지. 민경은 갑자기 우울해졌다. 과부 팔자라. 그렇다면 누군가가 희생되면 진호와는 순탄하겠지. 진호와의 좋은 미래를 위해서라면 어떤 작은 희생 따위는 감수해야. 진호는 여러 가지로 수준 선상이니까. 그렇게 지혁이 민경 앞에 나타났던 것이다. 그리고 민경의 운명에 묻어 지혁이 죽어준 것이다. 그런데 가슴이 매우 아프구나. 생각보다 많은 고통이 있구나! 그러나 어쩔 수 없어. 민경은 처음에는 지혁에게 마음을 주지 않으려고 했다. 그랬는데 지혁이 너무 괜찮았기에 자기도 모르게 마음이 끌려가고 있었다. 아니 지혁을 세뇌하면서 자신도 같은 항(項)이 돼 버렸다

진호와 민경은 지혁의 사고를 긍정적으로 받아들였다. 아니 오히려 자신들의 음모를 도와준 국가에 감사했다. 그들은 가끔 웃으며 이제는 아무 문제가 생기지 않을 자신들의 축복받을 운명에 기대했다. 그리고 그들은 서둘러 결혼을 했다. 무시무시한 운명의 장애를 없애준 지혁에 게 감사하고 미안해하면서.

민경은 사색이 되었다. 그럴 리가 없어. 내 팔자가 아무리 더럽기로서니 두 번 과부가 되라는 것인가? 진호의 사고 소식에 민경은 완전히 정신을 잃었다. 그러는 게 아니야. 지혁이 생각났다. 아니 아니야. 그렇다면 지혁이 살아있다는 말인가? 그럴 수도 있지. 우리는 다만 감사하고 확인하지 않는 오류를 범한 거야. 아니야. 하느님이 벌을 내리신 것이야.

진호의 음모에 동조한 내게 벌을 내리신 것이야. 죄 없는 지혁을 인위적으로 내 운명에 끌어들인 벌을 받은 것이야. 맙소사. 전쟁에서 확인 사살이 얼마나 필요한 것인지를 깨닫지 못한 것이다.

지혁은 가끔 웃을 수 있었다. 민경과의 일은 그의 인생에 가장 아름다운 이야기였다. 비록 짧은 기간이었지만 민경은 달콤한 사탕을 연상하게 했다.

"노래 잘하세요?"

"얼마만큼은."

"그러면 12시간짜리 엘피판이 돼 주셔요."

"어떻게?"

"어렵지 않아요. 어느 밤, 시간을 내어 제게 노래를 들려주시면 되잖아요. 옛날 축음기는 한 면이 돌아가는 데 12시간이 걸렸대요."

그러나 그 약속을 지키지 못했다. 그는 서울에 가는 기회가 있으면 언제든 민경을 만나 약속을 지킬 생각을 했다. 그러나 한번 시골에 정착하자 어지간하면 외출을 할 수가 없어서 못내 가슴속으로만 생각하고 있었다. 전원생활은 그의 욕망을 으깨는 대신 평온한 마음을 만들어 주었다. 민경은 어떻게 살고 있을까? 아내에게 미안하지만, 민경은 지혁의 활력소였다. 가끔 가슴이 아팠고 허전했다. 좋은 인상이 오래오래 그의 마음에 남아 있었다.

민경이 그의 앞에 나타났을 때 지혁은 가벼운 현기증을 느꼈다. 민경을 처음 만났을 때와 같은 느낌이다. 십 년 만이다. 민경은 여전히 고왔다. 그의 가슴에서 민경은 좋은 그림이 되어 언제나 웃게 했다. 그녀를 찾지 않는 것은 버림받고 싶지 않은 가여운 자존심 때문이었다. 모든 것을 잃은 내게 민경이 다가오리라는 것은 다만 바람일 뿐이었다. 그러나 가끔 혹시 민경이 나를 찾지나 않을까 생각을 하기도 했었다. 그렇게 세월이 흐른 것이다. 그런 민경이 나타난 것이다. 정말 뜻밖의 일이었다. 민경의 세련됨에 비해 기껏 멋을 내고 왔지만, 자신이 참 촌스럽다는 생각이 든다. 아내의 눈을 피해 그래도 괜찮다는 옷을 입었는데.

"오랜만이에요."

"그렇군요. 그런데 어떻게 저를 찾아올 생각을 했습니까?"

"그냥이요."

민경은 웃었다. 그냥은 아니다. 진호의 죽음으로 허전해진 가슴이 지혁을 만나 속죄하고 싶은 마음이 생긴 것이다. 아니 지혁이 죽었으리라고 생각한 자신의 어리석음을 확인하고 싶었는지 모른다. 그래서 민경은 진호의 퇴직금을 정리하러 회사에 가서 지혁의 흔적도 같이 찾은 것이다. 인사과에 여전히 남아 있는 지혁의 흔적이 가슴을 떨게 했다.

"죽은 줄 알았어요. 아니 죽었어야 했어요."

지혁은 민경의 말을 이해할 수 없었다.

"왜 소식을 끊었나요? 혹시 저희의 음모를 아셨는지?"

"저희라면?"

"진호씨와 저."

"저를 상대로 어떤 범죄라도?"

민경은 다음 말을 잇지 못했다. 그러나 속으로 중얼거렸다. 진호가 죽은 것은 당신 때문이라고. 당신이 죽은 줄 알고, 그래서 나의 액이 끝난 줄 알았노라고. 그러나 어찌 그 말을 지혁에게 할 수 있다는 말인가?

"진호는 잘 있습니까? 좋은 친구였고. 민경씨를 제게 보내준 것에 항상 감사했답니다. 가끔 웃을 수 있었습니다. 민경씨 생각을 하면서. 이제 제법 농사꾼이 되었어요. 필요하면 마스크를 쓰고 농약도 한답니다. 서울은 제게 어울리지 않는 곳이었다는 생각을 합니다. 결혼은 물론 하셨을 것이고, 저의 초라한 삶이 갑자기 확인이라도 하고 싶었나요? 그런 대로 행복합니다. 땅은 거짓말을 하지 않아요."

"그때 왜 소식을 주지 않으셨습니까? 소식을 주셨으면 저의 인생이 이렇게 어긋나지 않았을 텐데."

민경의 불평이 쏟아졌다. 그러면서 민경은 적반하장도 유분수야 하면서 자신을 비웃었다.

때로 사람 중에는 자기 자신에 전혀 어울리지 않은 옷을 걸치고 공주인 양 으스대며 거리를 활보하는 사람이 많다. 얼마나 한심한 희극인가? 밝은 곳에서 거울에 비친 자신의 모습을 보며 실수를 확인하는 서글픔. 민경의 기분이 영락없는 그 꼴이다.

"민경씨는 모를 것입니다. 광주에 왔다는 사실만으로 모든 것을 빼앗긴 사람의 분노를. 그 시절에는 어떤 좋은 마음도 모두 반국가적이라는 죄가 성립되는 사실을. 정치하는 사람은 주변의 상황을 잘 이용해야, 성공합니다. 그것은 동서고금을 통한 진리입니다. 무고한 백성은 언제나 들러리 이상이 아닙니다. 저의 시골 생활은 어수선한 시대에 만들어진 운명이었습니다. 처음엔 많이 방황했습니다. 다행히 좋은 여자를 만나 평범하게 살고 있습니다. 운명이려니 생각하면서. 참 운명을 믿느냐고 언젠가 물으셨지요. 이제는 믿습니다. 물론 그때는 생각하지도 않았지만요."

"용서를 빌고 싶어요. 무조건 용서해주신다고 약속해주셔요. 그래야 말할 수 있어요."

"그런 흥정이 아직 남아 있습니까? 생활하면서 느낀 진리입니다. 인생은 흥정이라고. 농사를 얼마나 잘 짓느냐가 문제가 아니라, 장사치와 어떻게 흥정이 되느냐가 문제더군요. 그렇게 생긴 황금이 인생을 좌지우지하고요. 어쩐지 두려운 마음이 생깁니다. 민경씨를 처음 만났을 때처럼. 이상한 두려움에 맹목적으로 다가서지 못했습니다. 주제넘은 이야기를 할까요. 의도적인 민경씨의 접근이 조금 겁이 났습니다. 왜 그런 기분이 들었는지 지금도 알 수 없지만. 이제는 농사꾼들도 영악합니다. 자신이 먹을 양식에는 농약을 적게 하지요. 문득문득 그런 생각을 했습니다. 농약을 많이 하지 않는 농산물을 민경씨에게 보내주고 싶다는. 그래도 된다면 지금부터라도 그렇게 하고 싶습니다. 부군이 오해하지 않는다면요."

"제 이야기를 들으시면 그런 마음이 도망가버릴 거예요."

"저의 마지막 꿈을 깨뜨리실 생각입니까? 그렇다면 용서하지 않겠습니다. 오늘 이렇게 찾아와 준 것만을 기억하겠습니다. 한 이십여 년이 지난 후에 또 찾아주셔요. 민경씨는 저의 작은 웃음입니다. 그때는 남아 있는 시간이 많지 않을 거니 모든 것을 무조건 용서하겠습니다."

민경은 더는 말 할 수 없었다. 순박한 지혁의 기쁨을 그대로 두고 싶었다. 아니 자신은 지혁의 인생이 더 망가지는 데 일조를 하고 싶지 않았다.

민경은 지혁의 손을 잡았다. 농사지은 손이 거칠었다. 그러나 그것은 살아있다는 증거였다. 진호는 손도 잡혀주지 않았다. 왜 우리는 운명을 거스르려 했을까. 이미 그렇게 태어난 것을. 내 인생에 붙어 요절할 운명을 안고 태어난 것은 진호이지 지혁이 아니었거늘. 억지로 갖다 맞춰보려고 안간힘을 썼으니. 모두 나름대로 운명이라는 것을 안고 태어나는데, 인위적으로 하느님을 거슬려보겠다고 어리석은 짓을 하다니.

"진호씨와 저는 결혼했어요. 지혁씨의 소식이 끊긴 뒤로 제가 힘들었거든요. 전 지혁씨를 많이 좋아했답니다. 그래서 지혁씨의 흔적이라도 안고 살고 싶었나 봐요. 여러 가지 복잡한 문제도 있었지만 진호씨도 좋은 남자였어요. 나를 혼자 두고 먼저 저승에 가버린 것만 빼면."

"그랬군요. 어쩐지 그런 느낌이 들었습니다. 진호의 눈길이 예사롭지 못했거든요. 그러나 이미 지난 일입니다. 세월이라는 것은 만병의 특효약입니다. 그리고 누구에게나 적용됩니다. 민경씨의 남은 인생에 축복이 있었으면 합니다."

민경은 더는 지혁과 이야기할 수가 없었다. 지혁의 평범한 인생에 어떤 자극을 주고 싶지 않은 것이다. 그래서 자신도 모르게 거짓말을 했다. 그것은 속죄였다. 그리고 어느 순간 지혁 때문에 즐거웠던 기억을 소중히 간직하고 싶었다. 하느님은 참 공평하시구나! 생각되었다.

지혁은 민경과 헤어지고 오는 길에 며칠 전에 꾸었던 꿈이 생각났다.

이발을 단정히 한 무덤 하나가 논 가운데 얌전히 홀로 앉아있고 가지 절단된 나무가 장승처럼 서 있는 시골이었다. 마을 입구에 도도하게 서 있는 아름드리 팽나무가 외로워 보였다. 5월이어서인지 그늘을 찾는 사람이 없었다. 그는 그곳에서 진호를 보았다. 진호는 혼자 걷고 있었다. 어깨가 축 처진 모습이 애처롭게 느껴졌다. 그가 큰 소리로 불렀으나 대답하지 않았다. 그는 달려가서 진호를 붙잡았다. 돌아서는 진호의 눈이 울고 있었다.

"자네를 볼 면목이 없네. 이 사람아. 민경의 눈동자에 항상 자네의 모습이 어른거렸다면 내 착각이려나. 그것은 죄의식이 아니라 그리움이었다네."

그리고 진호는 다시 빠른 걸음으로 사라져버렸다. 이상한 꿈이구나 생각했지만, 그것이 진호의 죽음이리라고는 생각하지 않았다. 그는 몇 가지의 일들을 종합해 보았다. 아니야! 설마 그런 일을! 아니야!

팽이의 노래

팽이의 노래

그것은 현실에서 허용되지 않는 그리움이었다. 그래서 눈을 감아야만 엉켜서 형성되는 아쉬움이었다. 그러나 형태가 선명하지 않아 애태우다, 행여 똑똑히 나타나려나 하는 바람에 무의식적으로 눈이 번쩍 떠짐과 동시에 희미한 모습조차 도망가 버리는 가슴 아픈 그리움이다. 벌써 여러 번 애절한 아픔이 되풀이되었다. 무슨 인연인가, 시간으로 따진다면 수 만 시간이 지난 요즘에 새삼스럽게 왜 나타나는가. 그 머슴애에 대해 특별한 감정을 느낀 것이 아니라, 어린 시절 가난한 급우에 대한 색깔 진한 동정심이었는데. 자신의 가슴에 커다란 멍에를 만들어준 것은 사실이지만, 세월 속에서 모든 것이 무디어지듯 생각도 하지 않고 지냈는데.

그는 장날이면 악동처럼 학교에 오지 않았다. 시골 장은 닷새 만에 어김없이 찾아왔고, 급장인 그가 결석을 하면 부급장인 그녀는 몹시 힘들었다. 남녀 혼합반에다 전쟁 뒤였기 때문에 학령기가 뚜렷하지 않아, 열아홉 살에 오학년인 학생도 많았다. 특히 나이 많은 머슴애들은 그녀의 말을 잘 듣지 않았고, 조숙한 자신의 눈으로 계집애들에게 추파를 던지

56

며, 음흉한 색심을 숨길 줄 모르고 날뛰는 짐승 같았다. 그래서 장날이면 그녀는 울상이 되어 학교에 갔다. 무거운 나무통을 메고 얼음과자를 팔러 다니던 그를 발견하고, 골목에 숨어서 가슴을 앓았다. 얼음과자를 전부 사서 양달에서 억지로 녹이면서, 그의 자존심이 다치는 것을 염려했던 지난 해의 일이 가슴을 무겁게 했다.

나라 전체가 가난한 때에 그의 집은 그에게 얼음과자 통을 매게 할 만큼 더 어려웠다. 그것은 나라의 죄였다. 사람들이 살기 위해서 망설이지 않고 거지가 되는 때였다. 거지가 살아가는 방법이었다. 그래서 망설임 따위는 언감생심이다. 그는 공부를 잘했고 체구도 컸고 얼굴도 보기 좋았다. 유난히 체구가 작은 그녀는 큰 키에 항상 주눅 들었다. 가끔 그의 더벅머리에 묻어 있는 솔잎을 보았다. 솔잎은 어떤 날은 종일 그의 머리에서 춤추고 있었다. 땟물이 흐르는 옷, 항상 먼지가 뿌연 머리를 보며 게으른 그를 속으로 나무랐다. 그러나 덩치 큰 그에게 지레 겁먹고 감히 밖으로 꾸지람도 내놓지 못했다. 그녀는 그의 머리에서 종일 흔들거리는 솔잎이 결석과 아무 연관이 없는 것이라고 생각했다.

'아마 산골 집이겠지, 산길을 바삐 오는 거친 몸짓에 놀라 떨어진 나뭇잎이 더러운 머리가 땅이려니 잘못 알고 박힌 것이겠지. 바쁘고 게으른 그는 공부 시작 조금 전에 언제나 헐레벌떡 들어섰으니까 머리를 만질 틈도 없었겠지.'

이것이 솔잎에 대한 상상의 전부였다. 마른 솔잎과 먼지는 넉넉한 그녀에게 그 이상의 어떤 상상은 만들어주지 않았다. 더러운 그에게 안쓰러움이 생긴 것은 얼음과자가 담긴 나무통의 무게에 쳐진 한쪽 어깨에

대한 가여운 마음이었다. 그것은 넉넉한 어린이들이 갖는 끈끈한 감상
이 아니었다. 넉넉한 어린이들은 교만과 업신여김을 먼저 배웠고, 여유
있게 자신을 과시하는 법을 쉽게 배웠다. 그러나 그녀는 그러하지 못했
다. 그것은 천성이었다. 선한 마음, 넉넉함에 대한 죄스러움, 이것이 그
에게 느낀 깨끗한 첫 감정이었다.

장날. 꼭 채워져야 할 곳이 비어있으므로 연상되는 안타까움. 어느
의자든 주인이 있다. 그리고 주인은 의자를 비울 어떤 권리도 없다. 호
기심이 신경을 건드렸다. 호기심은 안타까움과 같이 신경을 자극하는
첫 걸음마였다. 감정이 조금씩 기지개를 켜기 시작했고, 결국 많은 시간
을 힘들게 했다. 허전함. 어린 그녀는 가슴이 서늘해지는 허전함을 느끼
기 시작했다. 그리고 알 수 없이 한숨을 쉬는 버릇이 생겼다.

모처럼 일요일이 장날이었다. 예쁜 옷을 입고, 엄마의 손을 잡고 장
구경에 나섰다. 시끄럽고 어수선한 분위기였지만, 모두 바쁘게 움직였
다. 장사치 대부분은 어른들이고 아이들은 한가한 구경꾼이었다. 아이
들은 입에 사탕을 물고 어른들 틈에서 평화스럽게 놀고 있었다. 그곳에
서 그를 보았다.

갈퀴나무. 불쏘시개로 갈퀴나무는 최고급이었다. 땅에서 구르는 나뭇
잎을 갈퀴로 긁어모아 이리저리 굴려서 엉켜 뒤범벅되면 새끼로 흩어지
지 못하게 묶어놓은 나무 덩어리. 자신의 몸보다 더 큰 나뭇더미를 지
게에 받치고 서 있는 작은 어른이 있었다. 그의 등을 보았다. 먼지투성
이인 낡은 옷과 떨어진 검정고무신이 눈에 들어왔다. 그랬었구나, 그 솔

잎은? 그녀는 한참 그의 모습을 바라보았다.

그 후. 그녀는 장날이면 나무장사들 틈에 있는 초라한 그의 모습을 훔쳐보며 애절함을 배우기 시작했다. 그는 언제나 같은 곳에 있었다.

꼭 그래야만 할까? 나흘 동안 학용품과 먹을거리를 주었다. 그는 의아해하고 수줍어하면서 평소에 만지지 못한 좋은 물건들을 뿌리치지 못했다. 그럴 때는 남의 좋은 물건이 내 것이 되는 사실만 즐거워하는 천진한 초등학생이었다. 그에게 나뭇짐은 그녀로서는 그려지지 않는 그림이었지만 현실이었다.

"고맙다."

눈이 순수했다.

"나는 항상 많아."

그녀는 그렇게 대답하고 그의 눈에서 기쁨을 전해 받았다.

그날은 일진이 좋지 않았다. 무슨 이유인지 그가 어른들에게 꾸중을 듣고 있었다. 눈에 띄면 안 된다는 생각은 이미 그녀의 머리를 떠나버렸다. 그녀는 어떤 냉정한 이성 같은 것을 가질 나이가 아니었다.

"왜 이래요? 왜들 이러는 것이에요?"

엉엉 울면서 어른들에게 대들었고, 그의 눈이 동그래졌다. 눈물 너머로 눈이 크다는 것을 처음 느꼈다. 학교에서의 눈은 언제나 작았다. 항상 반쯤 감겨있었었다.

'아 눈이 크구나, 참 크기도 하구나!'

그런 생각을 하고 있을 때 놀란 그가 그녀를 넘어뜨리고 달아났다. 정신을 가다듬고 먼지 묻은 옷을 털고 일어섰을 때, 그는 없었다. 어른들이 별꼴이라는 눈을 자신에게 보내고 있었다. 그의 나뭇단 위에 피어있는 연분홍 진달래꽃을 보았다. 꽃을 빨고 있는 나비의 모습이 나뭇단과 어울려 보기 좋은 한 폭의 그림을 만들었다. 아름다운 풍경이었다. 나무를 옆에 있는 장사에게 넘겼다. 어두워지는 장터에서 그녀가 할 수 있는 최선의 방법이었다. 몇 푼의 돈에 눈물이 나왔다. 자기 집의 아주 작은 물건값에 지나지 않았고 자신의 한 달 용돈보다 적은 액수였다.

그 후, 그를 볼 수 없었다. 며칠을 궁리하여 겨우 집을 찾아갔으나 없었다. 자신의 집 헛간보다 못한 집을 보며 그녀는 불공평한 세상을 탓했다. 서울로 돈 벌러 갔단다. 마지막 소식이었다. 서울. 초등학교 오학년 짜리를 유혹한 서울이라는 말이 지렁이처럼 소름끼쳤다. 그러나 작은 앙금은 세월에 풀려 모양도 없어져 버렸다. 허전함도 끝났다. 어린 시절의 풋내 나는 그리움은 세월과 함께 금방 사라졌다.

그녀는 여자에게 거의 무가치한 팽이를 보았다.

"내가 깎았어, 맨 날 얻어먹고 받아쓰는 건 나도 미안해, 그리고 조금 기분 나빠."

기분 나쁘다는 말을 할 때 그의 눈빛이 번뜩였음이 생각났다. 정성들여 깎은 듯한 팽이. 더러운 손때가 묻은 팽이를 만지작거렸다. 그러나 쓸모없는 것이었기에 책상 속에 두었다. 그리고 얼마 지나 팽이가 없어져 버렸다. 누군가가 오후에 남아 있다가 가져간 모양이다. 그렇게 헤어진 그의 모습을 그녀는 최근 꿈에 많이 보았다. 일일연속극이었다. 그는 가끔 비에 흠씬 젖어있었고, 여전히 가난한 몰골이다. 그는 자신이 준 물건들을 자신을 향해 던졌다. 소리를 지르며 행동을 멈추게 하려고 노력했으나 허사였다. 때로 그녀는 큰 나뭇더미에 깔려 허우적거렸고, 그는 헐렁한 옷차림으로 내려다보고 있었다. 표정은 나도 조금은 기분 나쁘다면서 팽이를 주던 때의 것이었다. 진달래는 여전히 시들지 않고 피어 있었지만 나비는 없었다. 꿈은 감정이 없구나 생각했다. 감정이 없으니 꽃도 나비도 서로를 부르지 않는구나 생각했다. 그와 나의 인연은 그때 끝난 것이 아닌가.

수진은 잠을 깨고 길게 한숨을 쉬었다. 남편의 고른 숨소리가 초가지붕 위의 박처럼 평화롭다. 그가 어떻게 되었는지? 죽었는지 살았는지도 모르고, 관심조차 없이 흘러간 세월이었다. 무료한 시간이 만든 망상인가? 자랄 만큼 자란 아이들. 그리고 특별한 어려움 없이 지낸 사십년 가까운 세월 동안 기억에도 없던 그가 왜 갑자기 자주 꿈에 나타나는 걸까? 시절에 대한 그리움 때문에 간혹 잠을 못 이룬 적은 있었지만, 사람에 대한 것은 없었는데.

"당신 또 잠을 깼구려."

남편이 수진의 움직임을 느끼고 말했다.

"이상한 일이에요. 요즈음 계속이에요."

"나 몰래 아이들 문제로 무슨 고민이라도 있소?"

"아니에요."

"이상하군. 당신 흐느꼈어. 당신의 우울함에 난 익숙하지 못하잖아!"

흐느낌. 그랬다. 희미한 모습조차 도망가 버렸을 때 허전함 때문에 자신도 모르게 흐느꼈던 때가 많았다.

"혹시, 당신 나 모르게 애인이라도 생긴 게 아냐?"

"그런 무슨 엉뚱한 생각을……"

"왜? 그랬음 차라리 좋겠어. 젊은 애인은 당신의 무료함을 메워줄지 몰라. 당신의 요즘 생활이 너무 무료하다는 거 알아. 미안하지만 내 능력 밖이야."

진담도 농담도 아닌 남편의 선량한 오해가 수진은 난처했다.

"같이 늙어가면서 괜찮아. 애인! 얼마나 자랑스러운 일이야. 당신은 여전히 매력있는 여자야. 그게 아니면 첫사랑이라도 연락이 되면 만나 봐. 희끗거리는 머리를 보며 한바탕 웃는 것도 나쁜 일은 아니야."

"당신은 그렇게 하고 싶으세요?"

"그런 첫사랑이라도 있었으면 좋지."

수진은 단순한 남편에 정숙한 아내이고 싶었다. 모든 게 원만한 현재에 특별한 불만은 없다. 남편의 성실함과 자신의 선한 마음에 하늘이 준 특혜라고 만족했다.

시장을 다녀오는 길에 간이공원이 있다. 삭막한 도시 길목의 아이들 놀이터 옆에 놓인 긴 의자는 오가는 사람들의 휴식처였다. 쉬어 갈 만큼 피곤한 거리는 아니지만 가끔 의자에 앉아서 아이들의 모습을 보았다. 내게도 저런 시절이 있었나 하는 아쉬움, 자신의 어린 시절에 비해 너무 풍요한 요즘 아이들의 환경. 그럼에도 어쩐지 밝지 못하는 아이들의 표정이 수진은 우울했다. 아침에 투덜거리며 나간 딸이 생각났다. 용

돈을 올려달라는 투정을 애교로 받아들일 만큼 너그러워진 부모의 사랑. 꼭 필요한 돈이 아니라 쓰고 싶은 곳에 쓸 수 있을 만큼의 돈을 아이들은 가소로울 만큼 당당하게 요구했다. 그러나 그 가소로움조차 애정을 느끼는 요즘 부모들의 무한정한 이해심. 그래서 키워진 아이들의 이기심의 끝이 영 보이지 않는다.

사흘째, 남자는 같은 자리에 앉아있었다. 공원장(公園莊)처럼 버려져 있었다. 수염이 더부룩하게 자랐고 옷에 땟물이 얼룩진 초로의 모습은 정이 많은 수진의 발길을 잡았다. 수진은 무심한 방관자가 될 만큼 모질지 못했다. 언제나 선한 수진이었다.

빗방울! 갈 곳을 찾지 못하고 넋을 빼고 앉아있는 사람에게 잔인한 손님이었다. 수진은 남자 옆에 앉았다. 수진을 의식한 남자의 표정이 반가움과 놀람에 어쩔 줄을 모른다. 수진은 남자의 안절부절못하는 표정에 혹 자신이 남자의 기억의 방에 악연으로 앉아있는 것이 아닌가 의심되었다. 그러나 곧 의심이 어설픈 오해임을 알았다. 그것은 귀찮은 타인에 무심한 세상이 된 현실에 자신의 선량한 친절이 부른 어수룩한 오해였다. 가지 끝에 걸린 초승달처럼 외롭고 추워 보였다. 수진은 남자 곁에 앉았다. 한참 침묵하던 남자가 혼자 말처럼 지껄인다. 말끝에 눈물방울이 매달려있다.

"참 오랜만에 흘려보는 눈물입니다. 몹시 뜨겁고 진하지요. 그래서 어떤 눈물과 섞인다 해도 찾아내고자 하면 찾을 수 있습니다. 눈물이라는 것은 흘리게 한 사람에게 보상을 받아야 하는데 세상은 그렇게 공평하지 않습니다. 엉뚱한 곳에서 전혀 뜻밖의 사람에게 지금의 저처럼 보상을 받습니다."

"전 아무 보상도 해드리지 못합니다."

수진이 놀라 남자의 말을 부인했다.

"지금부터 주십시오. 부인이 선택한 의무입니다."

남자가 위협하듯 애원했다. 왜 내가 이곳에 앉아있는가. 그러나 뿌리치고 일어서기가 어렵구나. 비록 뻗물에 찌든 옷을 입었어도, 남자의 건강해 보이는 넓은 어깨는 가난에 짓눌린 인상은 아니었다. 그보다 저슬픈 표정이 애간장을 녹이는구나.

"저는 시장에 다녀오는 길입니다. 집에는 아이들이 기다리고 저녁이되면 남편도 돌아옵니다. 이렇게 앉아있는 모습을 남편이 어떻게 받아들일지 염려스럽습니다."

"그렇겠지요. 그럼 가세요. 가실 권리는 부인의 것입니다."

"선생님은 어디로?"

"전 가지 않습니다. 동가숙서가식하기도 이젠 지쳤습니다."

"한이 많으시군요."

"조상이 만들어준 한입니다."

수진은 시계를 보고 어렵게 걸음을 옮겼다. 가자. 그냥 지나치자. 길에서 울고 있는 모든 사람들을 참견하기엔 인생은 너무 짧다. 나와 아무런 연결고리가 없는 사람들의 고통 따위는 폭포처럼 떨어져 흘러가게 내버려두자. 백년을 산다해도 삼만 육천오백일뿐인데, 백년도 확실히 보장받지 못한 것이 인간의 무능함이거늘. 시시콜콜 모든 일에 참견하지말자.

남편과 같이 서 있는 남자. 수진은 대문을 열려다 놀랬다. 저 남자는 나보다 남편을 먼저 아는 사람인가? 남편은 조금 전 자신의 어수룩한 자선을 알고 마음이 헤픈 여자라고 얼마나 속으로 웃었을까? 재수 없는 구설에 휩쓸린다는 생각이 들자 얼굴이 붉어졌다. 남편은 수진에게 웃고 안으로 들어갔다.

"부인의 승낙도 없이 미행했습니다만 차마 들어설 용기가 없었습니다. 대문 앞에서 부군을 만났습니다. 타향이고 집을 찾는 중이라고 말씀드렸습니다. 지치고 피곤하다는 얘기도 했습니다. 이렇게 비가 심술궂게 뿌리는 어두운 밤의 나그네, 부인과 같이 잠자리를 하는 남자라면 모른 체 길에 내버려 두지 않을 거라는 생각이 들었습니다. 생각은 곧 확신이었고 기막히게 적중했습니다. 그뿐입니다. 부인의 당황한 모습에 아차 했습니다만 너무 지쳤습니다. 남의 마음을 헤아리고 행동할 만큼 여유가 없습니다."

남자는 수진의 놀란 가슴을 진정시키려고 애썼다. 조심스럽고 정중한 진실이 절박한 목소리에 섞여 나왔다. 수진은 어떤 말대꾸도 하지 못했다. 남자는 가족과 같이 식사했다. 반찬은 새로운 손님을 위해 특별히 준비된 것이 없다. 조금 부끄럽다. 주부로서의 부끄러움이다. 약간 소란스러운 분위기, 아직 정돈되지 않은 몇 가지의 어수선한 물건들, 집안은 손님을 맞이할 어떤 준비도 되지 않았다. 그래서 남편보다 먼저 안 남자 손님의 눈에 비친 자신의 헝클어진 생활이 조금 부끄럽다. 결혼과 함께 여자는 좋은 많은 것을 잃는다. 단정함, 완벽함, 신선함, 그리고 자신을 방어하는 철저한 위선까지도. 그럭저럭 지나다 보면 손에 남은 물기 따위는 옷에 쓱 문지르고, 입가에 묻은 반찬도 손으로 닦아 낼만큼 기초적인 예의범절도 없어져 버린다. 그렇게 여자는 스스로 허물어지고 있다.

이튿날 아침, 남편은 출근하면서 가능하면 남자를 도와주라고 했다. 남자에 관대한 남편이 난감하다. 정말 무료해 뵈는 아내의 나날을 위한 어떤 사건이라도 기대하는 것일까? 너무 선량한 남편의 마음이 거북하다.

"부인, 염치없는 부탁입니다만 저를 위해서 물건을 약간 구매해주십시오. 몸의 크기는 이 종이에 적혀있습니다. 옷도 갈아입고 싶고 오랜만에 목욕도 하고 싶고 면도도 하고 싶습니다. 부인께서 물건을 구매해 오시는 동안 목욕탕에 다녀오겠습니다. 필요한 돈은 지갑에 있습니다."

남자가 노래하듯 말했다. 서슴없이 지갑에서 약간의 돈을 꺼내고 수진에게 주었다. 그녀는 엉겁결에 지갑을 받고 엉거주춤 서 있었다.

이 남자는 누구인가? 혹시 113이 두려운 사람일까?

간밤의 적은 비가 골목의 먼지를 말끔히 쫓아버렸다. 해가 조금 내리쬐는 초가을이다. 길에서 놀던 여름이 은행잎의 노란 색에 쫓겨 자취를 감추었다. 모처럼 맑은 공기가 기분을 상쾌하게 해준다. 얼룩진 자동차 지붕이 오늘따라 더욱 더럽게 느껴진다. 차가 너무 많은 세상이 짜증이 난다. 나라는 어렵다고 아우성치는데 개인의 편리함에 익숙한 국민은 여전히 멋대로다.

"목욕탕은……."

"어제 미리 보아두었습니다. 부탁합니다."

수진은 갈림길에서 남자와 헤어졌다. 이상한 친근감에 가슴이 더워진다. 그는 과연 누구일까? 내 옛날의 어느 부분에 묻어 있었을까? 처음부터 그런 느낌이었다. 기억 속의 상처의 주인. 치유하지 못한 부스럼의 원인. 아니야, 난 누구에게도 아픔을 남겨주지 않았어. 수진은 아무리 생각해도 남자와 어떤 인연이 닿지 않은 것 같다.

종이에는 옷 사는데 필요한 여러 가지 숫자가 정확히 적혀있다. 철저한 외톨이군. 세상에 자신의 몸 크기를 정확히 기억하는 사람도 있다니. 남자는 적당히 알고 쉽게 잊어버린다는데. 남자의 외로움이 주위를 둘러싼다. 처음 본 여자에게 눈물의 보상을 명령한 남자. 자존심은 미세한 가루 하나도 갖고 있지 않은 남자.

외로움은 빈 구멍이야. 빈 구멍은 필요하지 않은 것들로 쉽게 채워지는 허한 곳인데. 그래서 그의 허한 부분에 나 같은 여자가 감히 들어섰구나.

열한 시쯤 남자가 돌아왔다. 깨끗해진 모습이 생소하다.

좋은 얼굴이야. 나쁘지 않은 모습이군.

"어떻습니까. 부인 며칠간은 깨끗하겠지요."

남자의 농담을 받으면서 수진은 물건을 내밀었다. 그가 약간 객쩍은 듯 움츠린다.

"방에 들어가서 입으셔요."

수진은 부엌으로 갔다. 남자를 위해 어떤 반찬 재료도 사 오지 않은 무심함이 죄스럽다. 이런 우라질. 그럴 수는 없다. 이것은 예의가 아니라 무시다. 수진은 서둘러 바구니를 들었다.

"저 때문이라면 사양하겠습니다. 손님 대접은 원하지 않습니다. 가족처럼 대해주십시오. 그보다 전 집에서도 한 가지 반찬으로 밥을 먹는 일에 길든 사람입니다."

작은 소리였으나 단호하게 의견을 내민다. 주부에게 반찬 걱정을 시키지 않는 손님이라면 며칠을 머문다 해도 불평할 이유가 없지, 하다가 수진은 며칠이라는 말에 불길한 껄끄러움을 느꼈다. 생각이 씨가 되는 경우가 더러 있으니까.

"갈아입으신 옷을 주셔요. 세탁해드릴게요."

"아뇨, 그럴 필요 없습니다. 제가 떠난 후에 태우시던가, 버리시든가 하십시오."

"영수증은 지갑에 있어요. 그보다 세탁해드릴게요."

"그렇다면 옷이 마르는 동안 재워주시고 먹여주셔야 하는데요."

수진은 조금 망설였다 남자의 말은 현명하다. 축축한 옷을 들고 돌아다닐 수는 없다. 짧으면 하루 늦으면 며칠, 남자를 집에 머물게 해야 한다. 남편과 같이 온 손님. 수진은 남편 옆에 남자를 매달았다. 내 손님이 아냐. 남편의 인정 자락에 묻어온 손님이야. 남편의 손님에 대한 아내의 예의야. 그녀는 은밀한 자신의 목소리를 들었다. 스스로 자신의 감정을 합리화시키고 있었다.

제발 부인. 남자의 눈이 수진에게 무엇인가를 호소했다.

"세탁해야죠."

남자의 눈에 슬그머니 웃음이 지나간다.

냄새나는 옷을 대야에 담았다. 남편이 아닌 남자의 속옷을 빨면서 수진은 정말 알 수 없는 마음이 되었다. 도대체 이 남자는 나의 누구인가? 어쩌다가 시동생의 옷을 빨면서도 불쾌했던 것이 솔직한 기분인데 전혀 그런 기분이 생기지 않다니. 아무래도 이 사람과 난 전생에 어떤 끄나풀이 연결된 모양이다. 아아, 좋은 인연이면 좋겠는데.

창밖을 보며 생각에 잠겨있는 남자의 등을 보면서 수진은 자궁이 뜨뜻해짐을 느꼈다. 그것은 순수하고 무지한 본능이었다. 남편의 협소한 등에 비해 남자의 뒷모습은 욕심이 생길 만큼 우람했다. 남편을 안으면서 몸이 더 굵었으면 생각한 때가 많았다. 잔병 따위가 서성대는 것조차 허락하지 않은 남편이지만 항상 허전했었다. 좁은 가슴이 수진은 늘 아쉬웠다.

"부인 이제 의무를 이행하셔야죠."

"제게 주어진 의무는 어떤 것인가요?"

두렵게 질문했다. 마음이 헤픈 내게 어떤 의무를 원할지. 육체의 의무? 설마. 하지만 그럴 수도 있지. 얼마나 험한 세상인가. 소돔과 고모라의 퇴폐적인 성문화의 재연장이 아닌가. 신문 그리고 TV의 진한 모습들, 범람하는 장미 소설들.

"겁내지 마세요. 어제 부인이 곁에 앉으시면서 선택한 의무입니다. 놀라지 마세요. 부인을 자주 놀라게 하는 재주가 제게 있군요. 다만 제 이야기를 들어주십사 하는 것입니다."

"그런 정도라면……"

"서운한 승낙입니다. 하루살이 유행가를 청취하듯이 가벼운 청취자가 되겠다고요. 전 부인에게 생을 보상받기를 원합니다. 보상해주지 않으시려면 어제 흘리게 한 눈물을 찾아 다시 제 가슴에 넣어주십시오. 이것은 명령입니다."

"불가능한 억지를……."

"가능한 보상이 쉽지요."

"어떤 방법으로?"

"부인의 손을 잡고 말하고 싶습니다. 여자의 손이 아니라 인간의 손입니다."

난처하다. 갑자기 책상 속에 내버려 두었다가 잃어버린 팽이가 떠올랐다. 더럽던 팽이. 그래서 크게 욕심나지 않은 물건. 어린 수진은 그의 어떤 정성을 깊게 생각하지 않았기 때문에 팽이에 미련이 없었다. 어쩌면 그 팽이 귀신이 노해서 마흔 해가 지난 지금, 나로 하여금 슬픈 그리움에 시달리게 하는지 모르겠다.

가난한 집의 장남. 이것이 불행한 저의 출생이었습니다. 야망 같은 것은 언감생심이지요. 태어날 때 할아버지는 이미 돌아가신 뒤고, 할머니는 레그호온이셨습니다. 두 분의 금실이 좋아서인지 아버지의 형제는 아홉이었습니다. 할아버지 생애는 몰라도 아버지의 이야기는 저는 증인입니다. 태어나서 십 년 보내고 해방이 되었습니다. 그때 우린 가난함이 당연했고, 특별히 일본 놈들에게 알랑거리지 않은 채 논밭 몇 마지기라도 소유할 수 있었던 것은 부지런하신 아버지의 성격 때문이었습니다. 매사를 열심히 하고 장남으로서의 긍지가 유별나셨지요. 그래도 부친이 생존한 장남은 가세의 여부와 관계없이 동화 속의 왕자보다 많은 사랑을 받는 특전도 있기는 하더군요. 식구는 불어났습니다. 여자들은 한결같이 레그호온이었습니다. 괜찮다는 논밭은 조금씩 아버지의 형제들에게 건너갔습니다. 동생들이 생기면서 식구는 불어났지만, 재산은 상대적으로 줄어들었습니다.

아버지는 소보다 많은 일을 하셨고, 어머니와 저도 별수 없이 일을 배웠습니다. 전답을 정리하여 장사를 시작한 삼촌들에겐 눈먼 돈이 잘 달라붙더군요. 아버지께서 병을 얻으셨습니다. 여덟 명이나 된 아버지의 형제들은 가끔 얼굴을 보이는 것으로 할 일을 다 했다는 몸짓이었습니다. 많지 않은 전답은 약값으로 날아갔습니다. 이삼 년 동안 아버지는 평생 소같이 일해 모은 재산을 당신 몸에 발라 붙이고, 처자식도 나 몰라라 하며 흔적 없이 저승으로 떠나셨습니다. 죽음이 그렇게 냉정한 것인지 처음 알았습니다. 아버지의 형제들은 넉넉히 살면서도 자기들을 위해 젊은 시절 고생하신 형님의 식솔을 안중에도 없었습니다. 귀찮은 친척으로 우린 전락했습니다. 근친의 냉대는 전쟁보다 혹독했습니다. 그나마 벌어먹을 땅도 없는 저는 나무장사를 해서 가족을 책임지려 했습니다. 그랬다가 우연한 일로 팽개치고 서울로 갔습니다. 무작정 상경해서 개 같은 인생을 살았습니다. 돈이란 것은 쓰지 않으면 모이는 단순한 것이었습니다. 동생들에게도 냉정했습니다.

돈이 많이 모이자 괜찮은 여자를 맞아들이는 행운도 있더군요. 여러 가지로 괜찮은 여자였습니다. 아버지의 비극을 대물림할 필요는 없지요. 제가 치사하게 모은 돈, 바보처럼 동생들에게 나눠주지 않았습니다. 아무것도 해주지 않았기 때문에 동생들은 서둘러 저를 싫어했습니다. 형제에게 냉정해야 하는 세상이 싫었습니다. 그러나 가혹한 행위는 아들을 위한 것이었습니다. 아내와 아이들의 생활도 제 방식대로 통제했습니다. 새 옷이나 군것질은 구경시키지 않았고 최저의 의식주만 해결해주었습니다. 아내와는 항상 다투었습니다. 돈, 죽으면 관에 넣어 같이 묻어 주리다. 이것이 아내의 되풀이되는 불평이었습니다. 아내의 불평이나 동생들의 비난은 아무것도 아닌데 큰아들이 아내를 닮아가고 있음이 느껴지자 슬픔이 시작되었습니다. 식구들은 즐거운 얘기를 하다가도 제가 끼어들면 흩어졌습니다. 아내는 대단히 부지런한 사람으로 스스로 일을 해서 아이들에게 풍요를 가져다주었습니다. 아이들의 정은 매사에 후한 어머니를 향해서만 흐르더군요. 큰놈까지도. 어느 때부터인가 저의 밥상에는 한가지의 반찬만 올라왔습니다. 그것은 제가 지급한 최저 생활비의 한도였으므로 불평하지 않았습니다. 아내의 노력으로 생긴 대가는 아내와 자식들의 몫이었습니다. 집에서 풍기는 먹음직스러운 냄새. 그것은 냄새뿐이었습니다. 자식 중 누구도 아버지 잡수시라고 권하지 않았습니다. 자식들의 죄가 아닙니다. 새 반찬이 올라오면 저는 낭비라고 화를 냈답니다.

아이들은 별 탈 없이 자라면서 저에 대해 사랑이 아닌 적대감을 먼저 배웁디다. 아내가 만든 교육입니다. 아내의 저주입니다. 아내는 냉정했고 저는 비정했습니다. 저의 적은 여섯이었습니다. 비정함 속에는 연민이라는 알맹이가 돌아다니지만, 냉정은 오직 차가움뿐입니다. 가족들에게 외면당하면서 쓸쓸함이 느껴진 것은 나이 탓이겠지요. 큰놈이 대학에 들어갔습니다. 큰놈은 제가 내민 학비를 거절했습니다. 아버지 돈은 쓰지 않겠습니다. 큰놈의 도전입니다. 내가 누구 때문에, 누구를 위해서? 그러나 그런 말을 할 수가 없었습니다.

지난 여름에 아내가 큰 냉장고를 들여왔습니다. 저에게 냉장고값을 요구하지 않겠다면서 쓸 수 있는 작은 냉장고를 버립디다. 기막혔습니다. 이십여 년을 아내와 적대심을 키우며 살았습니다. 집을 나오기로 작정하니 차라리 홀가분했습니다. 이곳저곳을 돌아다녔습니다. 처음 며칠은 혹시나 하는 처량한 기대에 신문을 뒤적였습니다. 그러나 그것은 제가 마지막 꾼 아름다운 꿈이었습니다. 가족은 누구도 저의 부재에 대해 가슴 아파하지 않았습니다. 공생하는 동안 저의 위치는 오히려 눈에 보이므로 신경 쓰이는 존재였나 생각 듭니다. 집을 떠난 지 두 달이 지났습니다. 시간이 지날수록 집은 점점 돌아갈 수 없는 곳이 되고 말았습니다. 졸지에 외로운 나그네가 된 기분을 부인은 절대 이해하시지 못할 것입니다.

남자가 담배를 피운다. 남자의 이야기는 절실했다. 남편에게 미움을 키우면서 산 남자의 아내가 안쓰럽다. 평범하고 선량한 남자를 만나 무미건조하게 살아온 나는 정말 행복했구나 하는 생각이 든다.

"고향은?"

"돈은 있는데 고향은 없습니다."

남자가 조용히 웃으며 농담을 한다. 나무장사를 해서 가족을 봉양했다는 말이 목의 가시처럼 껄끄럽다. 그러나 그 이상의 질문은 할 수가 없다. 작은 두려움이 가슴에 파문을 일으켰다. 그래, 그땐 많은 사람이 가난했고 나무 장사하는 사람도 많았어. 가슴이 답답하고, 남자의 외로운 생애에 연민이 생긴다.

"한 가지만 솔직히 대답해주셔요."

"정을 주신 은혜에 대한 보답이 된다면."

"저의 집에서 나가시면 어디로 가실 건지? 가족에게로 가셔요. 그래도 가족이 남보다는 가깝죠. 그리고 이해시켜야지요."

"불우한 저의 어린 시절이 아이들에게 이해가 될까요? 요즘 아이들은 현재에만 충실합니다. 과거도 미래도 같이 생각하려 하지 않아요. 가족에게는 가지 않습니다. 죽으면 시체는 가져가겠지요. 그들은 제 돈과 시체를 책임질 의무가 있거든요."

남자는 농담인지 진담인지 모호한 말을 했다. 그의 아픔은 도대체 어떤 뿌리에서 뻗은 가지인가?

"그럼 어머님은?"

"동생이 모시고 있습니다. 아내와 저의 삭막함에 어머니를 끼게 하는 것이 너무 큰 불효가 될 것 같아서. 그것이 저의 유일한 자선이고 최고의 효도였습니다. 막내는 형제에게 냉정한 저에게 큰 불평 없이 어머님을 모시더군요. 물론 그 편안함의 기틀은 제가 마련해주었지요."

"그럼 어머님에게로 가세요."

"내쫓으십니까? 전 손님이 못 되는데요. 이곳이 참 좋습니다."

남자가 쓸쓸하게 웃었다. 수진은 쓸쓸함의 표정을 비로소 알았다. 입은 웃으나 눈은 웃지 않고 안면근육은 굳어있다. 입언저리가 실룩거리고 눈썹이 가늘게 흔들린다.

수진은 남편과 의논이 필요하다고 말했다. 당신의 첫사랑이 쳐들어온 것이 아니냐고 웃으면서 남편은 남자의 제안을 받아주었다.

남자가 동거인이 되었다. 남자는 자신의 이야기가 거짓임을 증명하듯 돈을 헤프게 썼다. 필요하지 않은 물건들을 한 아름씩 안고 오기도 하고 아이들이 즐거워하는 것들을 서슴없이 구해왔다. 식탁도 풍성하게 해주었다. 아이들은 먼 친척(아이들에게 남자를 먼 친척이라고 소개했다) 아저씨에게 마냥 즐거워했으나 수진은 상대적으로 우울했다. 그리고 그런 자신의 엉뚱한 우울함이 힘들었다. 수진은 그동안 너무 편안하게 살아서 작은 우울에도 견디기가 몹시 힘들었다.

남자가 앓기 시작했다. 몸살이니 병원으로 보내지 말라는 절실한 고집에 수진은 속수무책이었다. 남편은 의미 모를 웃음을 지으며 수진의 행동을 방관했다. 수진은 그런 남편이 얄밉고 고마웠다.

"사람들 속에서 앓고 싶습니다. 부인, 이 통장을 아들에게 주면 고통이 되겠죠. 어떻게 하시든 원망하지 않겠습니다. 인간다운 대접에 너무 행복합니다."

남자는 생각보다 많은 돈을 갖고 있었다. 이 돈이 내 것이 아니듯이 저 남자 아들의 고통도 내 몫이 아니라고 수진은 생각했다. 남자의 신열이 위험수위를 넘나들기 시작했다. 그런데도 남자는 공원에서처럼 우울한 얼굴이 아니었다. 저 남자와 난 어떤 인연이었나. 줄곧 생각한 물음이지만 수진은 정답을 찾지 못했다. 코끼리는 죽을 곳을 찾아가서 죽는다는데 그가 코끼리고 나는 그의 죽을 곳인가. 무슨 인연 때문에.

"꼭 만났으면 하는 사람이 있습니다. 아주 어렸을 때 어떤 소녀를 위해 팽이를 깎은 적이 있었습니다. 행복과 불행이 나란히 찾아왔지요. 너무 오래전이라 이름이 기억나지 않는군요. 아니 그동안 돈벌이에만 열중하고 생각하지 않아서 잊어버린 이름입니다. 기억하고 싶은 것은 마음인데 생각나지 않습니다. 부인이 처음 제게 가까이 오셨을 때, 그 소녀의 냄새가 났답니다. 그래서 순간 의아했지요. 어수룩한 착각이었습니다. 그 냄새는 아주 독특한 채 가끔 저를 찾아오곤 했습니다. 힘들 때, 언제나 그 냄새를 음미했답니다."

"여보세요."

수진은 무슨 말인가 하려고 했다. 지친 남자의 횡설수설을 들으면서 설명하기 힘든 아픔에 시달렸다.

"아들에 대한 정을 떼어낸다는 것이 정말 어렵더군요. 말기 암 환자처럼 체면 없이 소리 지를 수 있다면 차라리 고마운 일이지요. 혼자서 삭이기에 너무 벅찼고, 지금도 고통이 간헐적으로 치부를 송곳으로 콕콕 쑤시고 있습니다."

남자의 모든 기능이 눈에 띄게 느려져도 놀랍게 침착한 자신이 대견하다.

그래, 이것이 그와 얽힌 매듭이라면 풀어야지. 내가 치러야 할 홍역이라면 피한다고 비켜 가진 않을 테니까. 처음부터 그를 지나치지 못한 어설픈 감정부터가 모순이야. 참, 사람의 감정은 잔뿌리가 많구나. 남편은 기본메뉴이고 아이들과 모든 사람을 한꺼번에 생각할 수 있는 뇌세포가 놀랍다. 그리고 수진은 남자에게 또 실수했음을 알았다. 그럴 틈이 없었어. 그는 언제나 내게 해명할 시간을 주지 않았어. 그때도 그리고 지금도. 팽이! 이 남자는 서 있는 팽이구나.

수진은 정말 오래전의 일이 생각났다. 머슴애들은 팽이에 여러 가지 색을 칠했다. 그러면 팽이는 돌면서 움직이는 장난감이 되었고, 간혹 작은 팽이가 큰 팽이를 쓰러뜨리는 돌변도 일어났다. 수진은 어깨너머로 팽이들의 신기한 싸움에 깔깔거리며 웃었었다. 까마득한 기억 속에서 희미했던 그리움의 실체가 보였다. 그의 의식 저편에 있는 나. 왜 나는 이 사람에게 실수만 할까? 서 있는 팽이. 누군가가 팽이채로 치면 웃고 돌아가는데, 그런 사람이 없어 비틀거리며 위태롭게 서 있는 팽이. 나는 전생에 이 사람의 인생을 움직여주는 팽이채였구나. 그를 알아보지 못한 것은 나의 오만한 건망증이 아니야. 세월이라는 악마야.

달려있는 팔

달려있는 팔

그 애가 절대로 어머니를 슬프게 하지 않으리라고 믿으세요?

적어도 너희와 같은 식의 고통은 주지 않겠지.

그것이 생활이 아닌가요?

난 지겹고 힘들구나. 그래서 난 그런 사람이 필요해! 나의 은전에 절대로 감사만 하는 사람.

그러나 그것은 또 하나의 갈등의 시작입니다. 그리고 그 애를 불행하게 할 수도 있습니다. 어머니의 지친 이기심이 한 인간의 인생을 조작하는 것입니다. 그것은 준비된 두려운 죄악입니다. 그래서 찬성하기 힘듭니다.

그러나 그 애는 지금보다 넉넉한 환경과 유동성 있는 애정을 누릴 수 있다. 그 사실만으로 지금보다는 행복할 수 있어. 버림받아 서러운 아이에게 사람의 정이 무엇인지 가르쳐 줄 수 있어. 소외된 아이가 가정이라는 울타리로 들어와 지금과 전혀 다른 세계를 체험할 수 있고. 어쨌든 이것은 누이 좋고 매부 좋은 일이야.

그것은 어머니의 일방적인 생각입니다. 그리고 넉넉한 환경이 인생의 전부는 아닙니다. 불안한 애정은 버려진 상태보다 좋지 않습니다. 어머니의 성급한 오판을 신중히 검토하세요. 인간은 자기의 필요 때문에 언제든 배반할 줄 아는 교활한 동물입니다. 지금의 어머니처럼. 이것은 감당하기 어려운 고통입니다.

내 행동을 배반이라고 규정하지 마라. 너희는 내 보물이었어. 그것을 부인하지는 않겠지. 너희와 그 애는 영역이 달라. 절대로 같을 수는 없어. 그것은 섭리를 우롱하는 짓이야.

어머니께서 저희를 낳으실 때 이런 생각을 감히 하셨나요? 그리고 우리의 요구와 행동이 어머니에게 곤혹스러웠다니 뜻밖입니다. 우리는 다만 어머니께서 외할머니에게 받은 만큼의 것을 현실적으로 환원해서 받고자 했을 뿐인데. 도저히 이해하기 힘듭니다.

너희 쪽에서 보면 타당한 불만이지. 그러나 명심해라. 비단 이 결심은 우리에게 한정된 것이 아니야. 주위의 모두에게 적용되는 것이야. 우리는 일부분에 지나지 않아. 내 부모, 그렇지, 난 항상 곁가지였으니까. 아들이 귀한 집의 둘째 딸, 이것이 나의 서러운 출생이었다. 그렇게 태어난 것은 내 의지와는 전혀 별개의 것인데, 모든 가족의 기분을 상하게 했지. 할머니와 아버지는 나의 출생에 심한 체증을 느끼셨단다. 그런 어른들에 대해 새삼 원망은 없다. 그것은 우리나라의 고질인 병폐로 내가 아무리 부당하다고 항의해도 소용없어. 그렇게 태어났지만, 너희에게 충실했듯이 그들에게 충실했다. 내게 대한 그들의 냉대는 소리까지 얼게 한다는 그린란드의 추위보다 가혹했지만 거역하지 않았다. 나의 충실은, 내 위치를 확실히 파악한 후에 취한 행동이니까 차라리 아부라고 해야 하겠지. 거스름이나 요구 따위는 언감생심이야.

언젠가 이런 일이 있었단다. 동생(남자였지)의 보약을 달이면서 나한테 물이 얼마나 남아있나 알아보라는 것이었다. 지금처럼 전기로 한꺼번에 약이 달여지는 세상이 아니었다. 난 어렸고 지혜롭지 못했다. 어떻게 그 일을 해야 할 줄 몰랐단다. 잘못하여 약탕관이 깨져 버렸다. 겁나서 그럴 수밖에 없었던 절박한 상황을 설명하고 용서를 빈다는 생각은 못 하고 줄행랑을 쳤단다. 초가을쯤으로 기억된다. 찬바람이 오슬오슬 옷 사이를 뚫고 들어왔었다. 초가을의 날빛은 감질난 게 마치 비과 같았다. 비과라는게 묘한 과자지. 처음 먹을 때는 달디단데 마지막 조금 남으면 금계랍 맛을 내거든. 금계랍이 뭐냐 하면, 옛날, 약이 흔하지 않을 때 말라리아에 걸리면 먹는 지독하게 쓴 약이란다. 세상에 그렇게 지독하게 쓴 약은 없지. 그렇게 도망치다가 엉겁결에 숨은 장소가 대나무 숲이었고 날빛이 서편으로 도망가자 갑자기 주위가 무서워졌단다. 가물가물하는 기억 속에 대나무는 귀신을 부르는 나무라는 생각이 들었단다. 동네에서 나례를 지낼 때, 무당 손에 언제나 대나무가 쥐어져 있었거든.

쉽게 밤이 왔단다. 바람 소리가 무서워 걸음아 날 살리라고 그곳을 도망쳤단다. 누군가가 뒷덜미를 잡고 놓아주지 않는 것 같은 착각에 식은땀을 줄줄 흘리며 달렸단다. 그런데 결국 도착한 곳이 집이었지. 나를 항상 냉대하는. 아! 결국 집이구나. 도망치다가 도착한 곳이 도망쳐 나온 집이구나 생각하니 서러움에 울컥 목이 메었단다. 살금살금 대문을 밀고 들어가는데 부엌에서 두런두런 말소리가 들렸다. 애가 어디 가서 이렇게 날이 저물어도 들어오지 않을까? 걱정이 흠씬 묻어있는 이웃집 아주머니의 목소리였다. 집안에 누구인가 걱정을 하는 사람이 있다는 사실이 너무나 반갑더라. 살그머니 부엌문을 여니 어머니의 모습이 보였단다. 아주머니의 상대가 어머니라는 게 너무 감격스러웠다. 그리고 그 일은 내가 어머니를 슬프게 하는 일 같은 것은 상상도 못 하게 하는 뿌리가 되었지. 어머니께서는 말없이 나를 바라보셨지만, 걱정이 가득한 마음을 느낄 수 있었단다. 그 적은 걱정에 대한 감동은 지금도 나를 뜨겁게 하지. 그 애에 대해 나는 걱정을 많이 할 생각이야. 그렇다면 그 애의 인생은 나처럼 외롭지 않겠지.

그것은 어머니의 생각입니다. 어머니, 그래서 어머니께서는 어머니와 같은 생활을 하면서 세상을 슬프게 사는 제2의 어머니의 삶을 계획하시는군요. 그 애도 그렇게 하겠죠. 어머니와 우리들의 눈치를 보며 제 생각은 억박지르고 충실하겠죠. 모두에게 항상 갈증을 느끼면서도 표현은 못하고.

아니야!

아니라고 하시겠죠. 이런 얘기 있잖아요. 시집살이 심하게 겪은 며느리 늙어서 더욱 매몰찬 시어머니 된다는. 어머니의 경우가 그렇습니다. 자기 삶의 되풀이를 보면서 저럴 때 나는 이렇게 했는데 하시면서 어머니의 인내심에 후한 점수를 매기면서 보상을 받으시겠죠. 어머니의 마음속에는 우리의 행복에 대해 심한 알레르기 증상이 있나 봅니다.

어미는 그런 악인은 아냐. 그저 많이 피곤할 뿐이다.

심심해서 그럽니까? 하기야 그런 부부가 많다고 하더군요. 자식들이 전부 자라 곁에서 머물지 않으니 허전해서 자식이 아니라 애완용으로 아이를 낳아 기른다고. 그래서 병원마다 복원 수술 때문에 재미가 짭짤하다고 합디다.

애완용이라고요?

아니면 선생님 환경에 굳이 입양이 필요합니까? 남녀의 비율이 어쨌든 삼 남매. 성공한 가족 계획입니다. 남녀가 각각 혼자인 경우보다 어느 쪽이든 둘이면 두루뭉술 원만한 화합이 이루어진다고 하더군요. 그리고 선생님 아이들 괜찮지요. K대. 그렇게 쉽게 들어갈 수 있는 대학이 아닙니다. 준 수재보다 월등해야 문턱이라도 밟을 자격이 있는 곳입니다. 둘째, 셋째 효성스럽고 의젓하고. 아들이 없는 것도 아니고. 이것은 마치 정상적인 사람이 육손을 원하는 것과 같은 억지입니다.

선생님은 그런 경우 없으신가요? 부모에 항상 사기 치는 아이들, 요구만 하는 아이들. 그래서 실망하고, 책망하고, 포기했다가 돌아서면 가슴 아파서 번복하고 화해하는 허무한 세월. 이것은 아이들 문제만이 아닙니다. 일가친척, 모두 그래요. 그들은 언제나 요구예요. 저는 적어도 제가 베푸는 것의 얼마라도 정당하게 돌려받을 사람이 필요해서 상대를 구하는 것이에요. 그리고 요즈음 TV 보시지요. 부모를 버리는 자식의 이야기, 죽이는 이야기, 이제 그런 불행이 나는 아니겠지 하는 시대는 지났어요. 흔한 사람, 그래서 불행은 전생의 업을 따지지 않고 예고도 없이 쉬고 싶은 곳에 염치없이 주저앉아요. 내쫓긴 노인들, 유원지에 버려진 노인들, 그들의 눈가에는 생애의 흔적인 주름이 그려져 있고, 시든 인생 꽃이 덕지덕지 붙어 있어요. 처음 가보는 남쪽 섬, 처음 타보는 비행기의 설렘이 자식들과의 마지막이 될 줄은 전혀 몰랐겠지요. 그들은 한결같이 자식들의 생존에 대해서는 함구하더군요. 자신을 팽개친 자식인데, 자식들에게 누가 될까 봐, 서로의 아픔에 공감하면서도 자식들 이야기는 절대 하지 않는 철저한 어버이. 그들은 세월에, 자식에, 자신에게까지 배반당한 사람들이에요. 자식을 원망하는 본능까지 숨기려는. 그들은 자식들을 위해서 열심히 살았을 거예요. 자식들의 행복함에 취해서. 풍요하고 안락한 선친들의 반복이 자신에게 다가오리라 믿고. 그들은 이 당연한 순리에 한 점의 의심도 없이.

TV는 우리가 모르는 신종 범죄를 가르쳐 주는 합법적인 과외교사로서의 구실을 언제나 톡톡히 해요. 내 자식은 설마? 이것은 다만 바램이에요. 아이들은 TV를 보면서 생각을 하겠지요. 늙어 성가신 부모는 버릴 수 있는 이웃이며 그것은 나 혼자만의 일이 아니라 여러 사람이 쉽게 하는 일이라고. 죄도 짓는 사람이 많으면 세상은 다수에 관대하니까 죄라는 굴레를 벗기도 하데요. 그래서 저는 다가올지 모르는 불행한 미래에 대한 대비로 피는 섞이지 않았어도 제게 의무를 바칠 이웃이 필요해요. 거래가 필요한 이웃이. 떳떳하게 베풀고 당당하게 돌려받을 이웃이.

예로부터 머리털 새까만 짐승 키우지 말랬습니다.

예외는 언제나 존재해요. 이상한 것은 천대받으며 외롭게 자란 아이가 부모에게 언제나 효자라는 현실이에요. 귀염받고 당당히 자란 아이는 처음부터 받는 것에만 길들여선지 양보나 희생은 알지 못해요. 그냥 한없이 받으려고만 해요. 인간이란 왜 이리 편협한지. 주는 사람에겐 끝없이 주면서 받는 사람에겐 한없이 받으려 해요. 전 형제들에 비하여 부모들을 위해 살았어요. 언제나 부당해서 억울하다고 마음은 불평하면서도 행동은 그들의 원함을 따랐답니다. 행여 저에 대한 적은 관심이 없어져 버리지 않나 전전긍긍하면서. 부모님은 저의 의식을 원격조절하는 놀라운 기술을 갖고 계셨답니다. 어머니는 당신의 자궁에서 아들이 었음 한 소망을 외면한 데 대한 분노로 태어나자마자 완전히 저를 장악하셨습니다. 저의 의식은 어머니의 생각을 전달받은 다음에 가동되는 기계였습니다. 그런 어머니지만 아프면 같이 아파하면서 고통에 언제나 동참했습니다. 어수룩한 인생이었습니다.

제 생각으로, 가장 문제가 되는 것은 선생님의 기억력이군요. 선생님의 두뇌가 수준 이상이라는 것은 익히 알고 있었지만, 기억력은 필요 이상입니다. 하루빨리 허름한 기억에서 벗어나십시오. 입양도 좋고 뭐든 이해합니다만 선생님의 기억력에 종아리라도 있다면 실컷 두들겨 주고 싶습니다. 처음 선생님을 보았을 때 힘들게 살아오신 분이구나 느꼈습니다. 마음에 응어리도 많겠고. 지나치게 깊이 생각하는 분이구나. 도사릴 줄만 아는 분이구나. 한데 보육원에서는 쉽게 이해하던가요?

아니요! 성의 희롱 상대를 구하지 않느냐는 질문을 받았습니다. 그런 경우가 많대요. 아이가 자라면 자신의 의지와 별개로 성의 대상이 된대요. 옛날의 동첩 같은. 그 사람들에게 저의 갈등을 설명했더니 신중히 생각한 다음에 다시 오라 하더군요. 한 번 버림받은 어린이들인데 두 번이나 쓴맛을 보게 할 수 없다고. 건강하고 명쾌한 가족이 있는 저의 엉뚱한 생각을 이해하지 못하데요. 저 같은 경우 서로 적응이 안 돼 보육

원으로 되돌아오는 일이 많대요. 저의 절실함이 그들에겐 우스운 일시적인 충동으로 해석되더군요. 생각이란 것은 어떻게 말로 밖으로 나오면 대단한 힘이 생겨, 바람에 묻어 아이들의 귓가에 머물까 염려스러워 함부로 내놓을 수도 없고. 불안은 영원한 기우일 수 있는데, 버려진 불행한 등신이 될까 봐서. 전혀 반갑지 않은 불행과 분노도 인구의 증가와 함께 덩달아 춤추더군요. 흔하면 천해진다고 사람이 정말 천해졌어요. 말이 씨가 될까 겁나기만 해요.

그런데 저한테는 왜 속마음을 털어놓으십니까?

어차피 누군가 세상의 어느 한 사람에게 이해를 받아야 할 문제거든요. 상대가 선생님이 된 것은 선생님의 오만한 건망증에 대한 나름의 항변입니다. 전 선생님을 오래전부터 알고 있었습니다. 한 이십여 년 전부터. 선생님은 옹손(蔭孫, 월령제에서 지위를 물려받은 자손)이셨고 저는 그저 곁두리였어요. 다재다능한 본교 교사에 대한 분교 여선생의 마음은 첫사랑에 버금가는 설렘이지요. 농촌인구 감소로 제가 근무하던 학교는 일 년 만에 폐쇄되었고 저는 선생님에게 한마디의 말도 건네지 못하고 그곳을 떠났지요. 그리고 이렇게 만났답니다.

미 미안합니다. 못 알아봐서.

선생님에게 사과받으려고 하는 이야기가 아니에요. 그리고 또 한 이유는 어떤 인연으로든 선생님께서는 우리 가족과 전혀 연결고리가 없다는 안도감이요. 다시 케케묵은 이야기를 하겠어요. 그때의 제 모습은 누구의 눈에 뜨일 만큼 요란하지 못했어요. 저는 사실 다른 것을 하고 싶었어요. 환쟁이예요. 이상스레 무엇이든 보고 그리면 대단히 닮더군요. 그래서 극장 간판을 그려보고 싶었는데 여지없이 깨졌어요. 내 의사는 전혀 통과시키지 않는 렌즈를 부모님은 갖고 계셨으니까 특별한 감흥이 있을 리 없지요. 질질 끌려다녔으니까 쉽게 사표를 낼 수 있었고, 이렇게 우연히 다시 들어올 수도 있었어요. 팔자도망은 독에 들어가도 못한다고 하는 일마다 되는 게 없었어요. 그래서 이게 내 길이구나 싶어 어슬렁어슬렁 다시 들어왔어요. 가까운 길 두고 먼 길 돌아 목적지에 도착한 어리석은 꼴이지만 꼴찌팀의 마지막 주자처럼 열심히 따라갈 생각이에요. 직책을 수행함에.

제가 도울 일이 있습니까?

이미 충분히 도와주셨어요.

입양은 다시 생각하시고 결정하세요.

이미 결정을 내렸어요. 다만 주위의 설득이 필요해요.

부군도 동의하셨나요?

그 사람이요?

왜 웃으셔요?

그 사람은 특이한 사람이에요. 자신의 고향에 대한 집착만 요란하죠. 그렇겠지요. 그럴 여유가 있으면 고향 사람 돕자고. 고향! 그의 고향이지 제 고향이 아니에요. 그는 모든 기준을 가난하고 몽매한 고향에 맞추는 사람이에요. 그 사람의 희망이 무엇인지 아세요? 돈이 모이면 회사를 차려서 고향 사람들에게 농업이 아닌 직장을 만들어주는 것이에요. 고생하고 불쌍한 농촌 고향 사람에 대한 지극정성의 마음을 이해하지만, 저는 그 고향을 짊어질 이유도 힘도 없어요. 그것을 알면서도 억지를 쓰는 그의 여린 가슴도 제게는 고통이에요.

　설득하시려면 힘들 텐데.

　설득이 아니라 통보죠. 어려운 것은 남편이 아니라 자식들이에요. 그들은 끊임없이 저를 힘들게 하면서도 제 삼의 가족이 생기는 것에 절대 반대하고 오히려 범법자 취급을 해요. 피는 물보다 진하다? 요구하는 쪽의 피는 진하고 요구받는 쪽은 지겹다 이런 것이에요. 아이들의 요구는 얄미울 만큼 당당해요. 큰 놈, 혼자 부단히 노력하여 현실에 의젓하지만, 끝없는 요구에요. 훌륭한 두뇌는 교활함과 아삼육이죠. 세상의 모든 부모가 공부 잘하는 자식에게 끝없는 노예인 요즘, 저도 예외가 아니에요. 평범한 둘째 딸은 무난하지만 나름의 반발이 가끔 밖으로 튀어나와 저를 우울하게 한답니다. 막내는 실수인지 사실인지 모르게 지능보다 성적이 언제나 두 자릿수, 그 아이는 제게 공부에만은 지독한 사기꾼입니다. 객관적인 관찰로 미련하지 않은데 성적이 엉망이에요. 지쳐서 포기했노라고 선언하면서 고통이 시작해요. 시간이 조금만 지나면 다시 기대하고 볶아대는 인간관계, 이 고통에서 벗어나고 싶어요. 기대도 포기도 없는 상대! 얼마나 매력적인 이웃인가요?

　그것이 가족 간의 생활입니다. 생활을 거부하지 마세요. 피가 같지 않으면 기대하지 않지만 기대할 상대가 없는 생활은 지금보다 불행합니다. 기대는 실망하기 위해 생긴 것입니다. 오늘은 실망, 내일은 기대, 이것이 인생입니다. 세상을 살아가자면 정중한 거절이 필요한 경우가 많습니다. 다만 선생님이 행하지 못해 힘들 뿐입니다. 인생은 뜨거운 분노의 연속입니다.

통보예요!

통보라고? 어떻게 그런 일을, 감히 한 번의 상의도 없이.

당신과 상의해서 뜻대로 이루어진 일은 없어요. 당신과 나는 언제나 비껴가니까. 당신의 생각은 언제나 뜬구름이고 비현실적이고 내 생각은 지나치게 냉정한 현실이니까.

그래 지금까지는 내가 뜬구름이었다고 합시다. 그러나 이 일은 당신이 오히려 비현실적이오. 아이들은 충분해요. 그리고 아이들 외에 신경 쓸 이웃들이 너무나 많소. 지금 주변에 걸려있는 인간 열매만으로도 우린 휘청거리고 있소.

당신의 열매는 착각이에요. 그리고 그 착각은 당신의 월권행위예요. 그들에겐 당신 외에 당연히 보살펴 줄 자식들이 있어요.

어쨌든 이건 반대요.

반대일 줄 알았어요. 당신의 즐거운 일은 난 언제나 슬펐고 우울했어요. 그러니까 내 기쁨에 당신도 우울하겠죠. 도와줘요. 아니 묵인해줘요.

묵인하라고? 이것은 경제적인 면도 고려해야 하잖아요. 사람 하나 키우는 데 얼마나 힘과 비용이 필요한지 몰라서 그러는 것이요? 그렇다고 그 애만 가르치지 않을 수도 없고.

넉넉함이란 것을 설명하자면 욕심과 같이 무한정이에요. 기대하지 않는 이웃, 끝없이 빼앗아 가지 않는 이웃. 숨통이 트일 거예요. 날마다 힘들어요. 이젠 지쳤고, 아이들과의 싸움도 막무가내잖아요.

이상하군, 아이들에게 힘이 든다니. 내가 보기에 아이들은 언제나 엄마표였는데. 소외감 느끼며 떠돈 사람은 나라고 생각했는데. 아이들은 언제나 당신 곁에서 요란한 원군이었는데. 아이들 때문에 당신이 힘이 든다니 이해할 수 없구려. 당신과 아이들은 썩 보기 좋은 그림이었는데.

좋은 그림이 아니라 희생의 강요로 맞추어 놓은 몽타주이었어요. 지금까지는 그랬어요. 내게 능력이 있는 한 그들의 요구를 들어줘야 한다고. 며칠 전, 저녁 미사를 보고 돌아오는 길이었어요. 시끄러운 도시의 앓는 소리를 들으면서 육교에서 뛰어내리고 싶다는 생각이 들었어요. 그 순간의 당혹함을 당신은 생각이나 해보았나요? 이것이 현실이구나 하는 생각이 정말 힘들었어요. 자식의 어떤 요구도 들어줘야 하는 현실. 그것은 부모의 영원한 책임이고 의무다. 가르치고 키울 권리, 유일한 권리, 그 권리가 끝나면 상대에게 의무를 강요할 수 있겠지, 내 부모는 지극히 상식적인 권리만 행사하고도 의무를 강요했지. 그러나 나는 그렇지 않아. 아이들은 결코 나를 거스르지 않을 것이다. 내가 준 만큼 보답하겠지 생각했어요. 그리고 부모의 적은 애정에도 모든 궂은일을 처리하는 나니까 내가 베푼 많은 애정이라면 전혀 외롭지 않을 거로 생각했어요. 부모의 정에 굶주린 아픔을 자식에게는 주지 말아야지 하면서 모든 힘을 다했어요. 그런데 이상하게도 아이들은 받는 데만 익숙했어요. 더 받을 궁리만 해요. 더는 줄 것도 없는데. 술은 취한 상태에서만 양심을 버리게 하는데 희생은 양심을 죽이고 강요까지 원해요. 부모의 사랑과 희생이 멈추면 아이들은 사나운 짐승처럼 으르렁대요. 받는 습관이 그들의 모든 자제력을 마비시켜 버렸어요. 음흉한 여선생처럼 그들의 내부에 뿌리를 내린 것이에요.

 오랜만이군. 정말 오랜만이야. 이렇게 찾아온 나를 반기지 않을지 모르겠다. 서러운 바람이 불어오면 언제나 붙어오는 너, 이것도 인연이야. 어쨌든 나는 너와 공범자였으면서 나중에 슬그머니 혼자 빠져나왔지. 그것이 무엇이었을까? 사랑인지 집착인지 애매해. 날마다 피곤하고 힘들다. 어렵고 힘들게 산 내게 너는 재미있고 즐거운 이웃이었고, 심심하지 않은 웃음 제작공장이었지. 처음에 그냥 좋은 친구였는데 색깔이 조금씩 변하면서 가슴이 아팠어. 지금도 알 수 없는 묘한 색이야. 내게 지극히 충실한 네게 스며들었다면 당연한 이치지. 부모의 반대로 (부모는 언제나 내 생각은 무시했으니까) 막다른 골목까지 쫓긴 너의 난폭함과 주위에서 맴도는 후줄근한 모습에 지쳐서, 생을 포기한 너에게 죽음을 은근히 권한 나의 옹졸한 애정. 너의 과분한 충실에 당황하고 방황하고, 만나면 즐거웠고 슬펐으며, 따뜻하고 난폭하고, 그래서 이렇게 묻힌 네 앞에서 다시 한번 나를 향한 끝없는 아량과 이해를 강요해.
 너의 방종은 피맺힌 포기가 아니라 관성이었지. 나의 부작위범에 자책과 후회의 연속이었다. 네가 느끼게 한 충만한 사랑 때문에 아픔과 기쁨은 항상 같이 나를 찾아왔다. 내 운명에 마가 끼어 너의 죽음을 초래했는지, 아니면 너의 짧은 운명이 내게 다가와 힘들게 했는지 모르겠다. 이렇게 뜻밖에 너를 찾아온 것은 아무도 이해하지 않는 현실에 밀려 쫓겨 온 것이야. 세상은 네 사랑처럼 무한정으로 관대하지 않고 지독히 인색해. 그래서 네 마음에 대한 그리움 때문에 항상 기뻤고 가슴이 아팠어. 너는 언제나 내게 후했어, 그 후한 인심에 악연이 시작된 거지. 나의 절실한 요구가 왜 모두에게 대수롭지 않은 감정 외출로 다가가는지. 이런 기분 이해하겠어. 너는 버스로 출퇴근하지 않아서 모르겠구나. 날마다 지겹고 힘든 반복이야. 어떤 날은 올라서자마자 빈자리가 나를 보고 웃고 있지. 그런데 그런 날은 흔하지 않아. 꿈은 지나면 조금은 다음날의 암시인가 봐. 적어도 내 경우에는 말이야.

오후에는 아. 어제 이런 꿈은 꾸었지, 하면서 기억에 붙어 있는 꿈 조각을 털어 버리는 일이 종종 있거든. 내가 얘기하고자 하는 것은 꿈 타령이 아니고 그런 날이 있어. 밤새 꿈에 시달려 아침에 눈을 뜨면 잠을 잤는지 어쨌는지 아리송하고 골치가 띵 하는 거야. 그렇게 시작되는 아침은 우울함의 꼭대기지. 버스에 오른단다. 듬성듬성 서 있는 사람들 속에 나도 예외가 아냐. 앉아있는 사람들의 표정을 보며 점을 친단다. 내가 서 있는 곳에서 가장 가까운 자리가 언제 비겠는가. 아니 과연 누가 먼저 내리겠는가. 어쩐지 가까운 자리는 장거리 여행자 같은 기분이 들거든. 그러면 슬그머니 서 있는 장소를 옮긴단다. 웬걸! 버스 정거장 한 구간 만에 처음 선 자리의 옆 의자 주인이 일어선단다. 점괘가 어긋나서 우울한 생각과 함께 억울한 기분이 된단다. 한데 더 가관인 것은 빗나간 점괘가 계속 이어지는 것이야. 옮길 때마다. 뒤통수 긁적거리면서 땡감 씹는 얼굴이 돼. 맵고 짜고 신 맛은 혀 일부분이지만 떫은맛은 입 전체야. 그런 날이 더 많으니 지겹지.

그때의 기분 이해하겠니? 내 인생은 항상 그런 기분의 연속이었어. 그게 얼마나 더러운 기분인지 짐작이나 해. 너는 내 의견에 이의를 달지 않아 좋구나. 어쩌고저쩌고하면서 부당성을 강요하는 사람들 때문에 나는 형편없는 꼴이야. 내게는 필요하지 않은 기억을 끄집어내지 않는 현명한 이성이 없어. 그래서 날마다 힘들어. 많은 사람이 내게 베푼 슬픈 일들이 똘똘 뭉쳐서 오장육부를 자극하면 하루에도 수십 번씩 까무러진단다. 너도 조금 나를 슬프게 해. 하지만 그것은 아주 소량이야. 이런 슬픔을 너는 경험하지 못했지. 언니와 내가 같이 감기를 앓은 적이 있는데, 언니가 약을 먹을 때는 엄마의 손에 비과가 들어있고, 내가 먹을 때는 회초리가 들려있는 상황. 그런 차별은 끔찍한 기억이야. 지우려 해도 지워지지 않는 흔적이야. 찌그러진 양철 같은 흔적이지.

정말 그런 사람은 없을까? 내가 꼭 필요로 하는 사람. 왜 사람들은 한결같이 내게는 받으려고만 하는 것일까? 사실 언제나 나는 빈털터리인데. 나는 내 마음도 갖고 있지 않은데. 너는? 아냐 너는 그렇지 않았어. 유일하게 내게 모든 것을 주었어. 남자의 자존심까지. 그런데 자존심이 너를 떠나면서 목숨을 동행했어. 남자가 자존심을 준다고 덥석 받는 게 아니야. 그것을 전혀 몰랐기 때문에 너와 나의 인생이 어긋났나 봐. 한 남자의 이야기를 해줄게. 날마다 만나는 사람인데 너처럼 좋은 얼굴이나 몸을 가진 사람이 아니야. 일부러 만나기 위해 거짓 우연을 만들지 않아도 돼. 그는 내가 날마다 다니는 길목에서 청소하는 사람이야. 그의 한 손은 열심히 비로 청소를 해. 처음에는 무심코 미련하기가 곰 같다고 생각했어. 보통 많은 사람이 청소할 때 한 손은 비. 다른 손은 쓰레받기, 이렇게 두 손이 열심히 도우면서 하지. 한데 그는 그렇지 못해. 비로 쓸어모을 뿐이야. 쓰레받기는 항상 그 사람에게서 조금 떨어진 곳에 불편하게 서 있었어.

아침 시간은 언제나 바빠서 그를 관찰할 기회가 없었어. 그래서 언제나 그냥 놀고 있는 게으른 팔을 욕하면서 보냈지. 그러다가 우연히 팔을 관찰할 수 있었어. 아뿔싸! 그것은 그냥 달려있는 팔이야. 그의 생각이 전혀 통하지 않아 의식을 외면하는. 호주머니에 쑤셔 넣어주지 않으면 그냥 흔들거리는 팔이야. 그것을 보며 일순간 기묘한 충동을 느꼈어. 그것은 정상인 아내에게 느끼지 못한 성욕을 다리 저는 파출부에게 느끼는 변태적인 성감이 아냐. 나는 온몸이 저려옴을 느꼈어. 저런 팔을 하나쯤 가지고 있다면 얼마나 좋을까? 바늘로 찔러도 아프지 않은 팔. 가렵다고 성가신 전파도 보내지 않고, 종기 따위도 나지 않는. 내게 어떤 요구도 하지 않고 옷을 입혀주면 입고, 벗기면 벗을 뿐인. 영양을 달라고 세포들이 아우성치지도 않겠지. 언제든 싫증이 나면 미련 없이 떼버릴 수 있다고? 그래 마음 한구석에 그런 생각이 전혀 없는 것은 아니지. 그러나 언제나 그랬단다. 내게 불이익이 오더라도 행동에는 끝까지 책임을 진단다. 그러니 그런 일은 없어. 내게 양심은 어떤 순간에도 떨어지지 않는 거머리란다. 내가 나를 이해한다고 말해주었으면 좋겠는데. 염라대왕에게 사정해서 전보라도 보내주지 않을래. 모두 이견을 제시하고 윽박지르는 것이 화가 나서 너를 찾았는데 묵묵부답이 맹물 맛이다. 속상해서 맹수처럼 으르렁대다가 한발 물러서면 허전하고 슬퍼서 견디기 힘든 나날에 지쳤단다.

새벽에 눈을 뜨자마자 소리라도 크게 지르고 싶은 허전함의 근원이 무엇일까? 세상은 하고 싶은 일보다 하기 싫은 일을 더 많이 해야 하는 걸 너무 모르고 태어났다. 어려운 일이 생기면 언제나 네 그림자가 곁에서 히죽거리는구나. 부작위범. 지은 죄에 대한 당연한 벌이라 생각하며 슬픔을 소화한단다. 실망이라는 것이 홍역이나 천연두처럼 일생에 한 번만으로 끝나는 전염병이라면 얼마나 좋을까. 실망은 고통이야. 특히 기대한 일에 대한 실망, 보상이 없는 일에 대한 분노. 난 그런 이웃이 필요해. 기대하지 않고 호의를 베풀 상대. 의무를 강요해도 가슴이 아프지 않은 상대. 그것은 피가 섞이지 않는 가족이 아니겠니. 부모·자식 간은 정이 존재하고, 정은 모든 것을 흐물흐물하게 하는 괴력이 있거든. 그것은 의무를 강요하면서 고통을 부르지. 나는 남들에 비해 고통에는 전혀 면역되어있지 않아. 자신의 갈증을 풀기 위해 인간을 희생시키려 한다고. 인간을 사육하는 오류를 범하지 말라고. 천만에, 누가 누구를 사육할 수 있어? 네게 지껄이면 후련할까 달려왔는데 오히려 답답하다. 생전의 너는 불평의 소리 내지 않는 북이었는데 지금은 어떤 소리도 못 내는 북이구나.

끝내 어머니의 생각대로 하시겠습니까? 그것이 어머니의 만수무강을 위한 최선의 길이라면 저희가 어쩔 도리가 없지만, 한 번 더 신중하게 생각해주셨으면 합니다. 우리도 고칠 점이 있으면 노력하겠습니다. 어머니를 이해하려고 노력을 많이 했습니다. 요즘 부쩍 피곤하고 우울해하시는 어머니를 옆에서 지켜보면서 무엇이 정말 어머니를 위한 것인가 생각했습니다. 어머니의 미망을 저희가 어찌 헤아릴 수 있겠습니까.
벼슬 싫어 낙향한 선비에게는 풍류라도 있지만, 새벽에 눈 뜨면서 들리는 새소리에 향수도 느끼지 못하는 삭막한 심정을 이해할 수 있겠니?

그 새는 새장 안의 새입니다. 어머니. 새장 안의 새는 자연스러운 소리를 내지 못합니다. 어머니의 마음은 당연한 현대병입니다. 사람은 스스로 바보짓 하는데. 하늘 보고 침 뱉으면서 얼굴에 떨어지지 않기를 바라는 어리석은 중생이 되는 것은, 애써 백팔번뇌를 찾아 헤매는 돌사람을 숭앙하는 많은 무리 때문입니다. 어머니와 우리는 같이 번민하는 인간입니다.

왜 끝까지 반대하지 않니? 처음처럼 몰아붙이면 내게 더 용기가 생길 텐데, 이렇게 너희가 슬그머니 백기를 들면 추진하기가 더 힘들단다.

우리 양보는 어머니의 취약감정을 위한 겨냥이 아닙니다. 혹시라도 그런 오해는 마십시오. 우리가 느낀 것은 어머니와 우리의 삶이 결코 같을 수 없다는 것입니다. 공존 동생이지만 반대되는 관계였습니다. 공생 관계는 아니었지요. 그러나 어머니, 한 가지 분명히 말씀드리고 싶은 것은 가족은 고통이나 슬픔을 나눠 갖지만, 타인은 오히려 농도가 진해지게 은근히 부추깁니다. 겉으로는 생각한 척하면서. 눈 가리고 아웅 식으로. 다시 말하면 가족은 어떤 경우에는 많은 양보를 하지만 타인은 그렇지 않습니다. 우리의 다른 형제도 그렇겠지요. 그 애는 절대로 가족이 될 수 없는 타인이니까.

너희의 말은 그 애를 묵인하나 승인하지 않는다는 것이구나. 그것은 거절보다 심한 처방이다. 반복하지만 그 애와 너희는 동류항이 아냐. 좀 더 너그러운 마음으로 받아들이면 안 되겠니? 가엾다는 마음으로.

그런 감정은 충분히 생길 수 있지 않니?

　처음부터 그런 이웃이 아닙니다. 우리가 채워주지 못한 어머니의 다른 부분을 채우기 위한 도구로서 나타나는 이웃입니다. 거지에게 한 번 정도는 만 원짜리를 줄 수 있습니다. 그러나 경우가 다릅니다. 십시일반이라는 말이 있습니다. 앞으로 그 애는 배가 부를 것이고 우리는 상대적인 공복에 시달릴 것입니다. 어쩌면 우리가 그 애에게서 무엇인가 내려지기를 원하는 상태가 올 수도 있겠지요. 우리는 결국 지금부터 어머니를 가운데 놓고 끝없는 긴장이 연속되겠지요. 어머니의 의사와는 무관하게. 우리로서는 대단한 양보입니다. 그 이상은 원하지 마세요.

　그 이상이라니?

　어머니를 예전처럼 사랑할 수 없습니다. 균열이 아닌 파괴상태에서 전의 어떤 것은 어불성설입니다. 달려있는 팔은 오히려 귀찮은 존재입니다. 너덜너덜 흔들리는 팔은 거추장스럽습니다.

　달려있는 팔이라고?

　가끔 어머니의 응시를 눈여겨보았습니다. 우리는 가끔 같이 외출했으니까요. 그때마다 어머니의 응시는 심각하고 지루했습니다. 그 남자에게 그 팔은 절실한 현실의 테두리일 뿐입니다. 그는 그 팔을 다스릴 능력이 없는 자신의 한계에 언제나 가슴 아픈 사람입니다. 그는 그렇게 된 자신의 지난날에 언제나 괴롭고 힘든 사람입니다. 사람들의 건강하고 쓸모있는 두 팔에 대해 언제나 지독한 선망과 질투를 느끼고 있습니다. 어째서 그런 상태가 되었는지 모르지만. 저의 절실함은 어머니의 응시 원인을 단순한 연민으로 착각한 둔한 감정입니다.

나는.

어머니의 감정을 우리는 이미 허락했습니다. 다시 번복하고 후회하지 마십시오. 우린 언제든 환영합니다. 굴러든 돌이 박힌 돌을 빼버린다는 속담이 현실로 나타나더라도.

그것은 요란한 거절이야.

서글픈 존중입니다. 억하심정으로 승낙한 것이 아닙니다. 괴로워해야 하는 오버센스는 몸에 극약이라고들 하더군요. 우리는 극약을 먹는 어리석은 중생은 아닙니다.

어처구니없는 비겁한 반격이다. 내 인생이 소마세월이었다는 생각이 드는구나. 하고 싶은 일보다 하기 싫은 일을 더 많이 하면서 공을 들였는데.

거만한 아픔은 언제든 버릴 수 있는 하찮은 것입니다.

엄마를 도둑과 손님을 구별하지 못하는 컴퓨터 취급을 하는구나.

자전거의 눈물

자전거의 눈물

오랜 시간을 신음하면서 보냈다. 오랫동안 버림받았다는 자괴지심에 시달렸다. 그래서 웃음은 색깔을 잃었고 짙은 그늘 속에서 어둠의 자식이 되어 경직된 상태로 살았다. 최후의 순간에 그가 나를 찾지 않았다는 생각은 하루에도 수십 번씩 비참한 기분을 만들었다. 적어도 그의 마지막 순간이 나였으면 하는 어리석음 때문에. 그래서 감히 누구에게도 그의 이야기를 묻지 못했다. 스스로 비참함을 구태여 확인할 필요가 없었다. 확인 사살은 정말 필요한 것인데, 어떤 두려움 때문에 아무것도 하지 못하고 살았다.

이십 년이라는 세월, 그의 생각을 하면 언제나 가슴이 아팠다. 그가 만들어준 진한 어둠의 세계에서 나의 이성은 분노로 세상을 저주했다. 쉽게 절망하고 서둘러 포기했다. 자격지심에 시달렸고 매사에 소극적이었다. 그래서 생활은 생각 없이 끌려다니는 짐승의 몸짓을 흉내 낼 뿐이었고 언제나 신음했다. 신음은 내부에서 미친 소처럼 날뛰었다. 사람들이 모두 나를 잊었어. 아니 나를 버렸어. 나는 던져진 곳에서 열심히 살았는데. 나는 언제나 그렇게 생각했다. 사람들의 기억 속에 자리를 잡지 못한 원인이 무엇일까? 왜 그랬을까? 사람들의 기억 속에 살기를 원할 것이 아니라 그들의 기억 속으로 비집고 들어가야 했던 것을. 스스로 아는 사람들로부터 도망친 세월에 대한 분노가 자신을 짓눌렀다. 그것은 화마가 지나간 폐허의 표정이다. 바람에 날리는 재, 타다 만 조각들이 너절하게 날리는 더러운 자리.

황사가 머문 봄의 거리가 흐릿하다. 중국은 언제나 우리를 괴롭힌다. 오랜 옛날부터 멈추지 않은 싸움의 연속이다. 과거를 보면 지리적으로 꼭 필요한 것에 대한 욕심 때문에 힘과 무기에 의한 끊임없는 침략이었는데 지금은 봄을 지겹게 하는 황사다. 황사로 뿌연 앞산을 보면서 신음이 끝나는 것을 느꼈다. 연초록을 띄기 시작하는 산자락에 군데군데 진달래가 수줍게 피어있다. 봄의 전령처럼.

그의 소식이 너무 늦게 도착했다.
너무 늦게 도착한 것이 아니라 알려고 하지 않았다는 표현이 더 적합하다. 그의 죽음을 전해 듣고 해방이라고 안도의 숨을 내쉬었다. 아니 그로부터 완전하게 벗어날 수 있다는 생각과 함께 그를 누군가에게 주지 않아도 된다는 안도감에 행복했다. 그렇게 몇 년을 보냈다. 그러나 그것은 짧은 기간이었다. 나는 다른 사람의 생각 속에서 숨을 쉬고 있으면서, 그래서 그에게 돌아갈 수 없는 상태였지만, 마지막에 그가 찾아오지 않는 사실에 대해 감정이 싱싱한 분노를 내뿜었다. 보기 좋은 떡이 먹기도 좋다는 속담은 누가 만든 궤변인가? 그는 갖고는 싶었지만, 오랫동안 곁에 머물게 할 만한 가치는 없는 남자. 그와 어울리면서 언제나 갈등에 시달렸다. 그를 향해 서둘러 마음의 문을 열었던 너무 외로운 시절. 보기 좋은 것에 대한 맹목적인 추종. 그는 태풍보다 요란한 정을 들고 다가와 한낱 약한 가지에 불과한 나를 자신의 의지대로 정신없이 흔들었다.

아버지를 따라 내가 그 작은 읍으로 들어갈 때, 그곳은 나를 환영하지 않았다. 열다섯의 단발머리에 산뜻한 교복을 입은 나는 점쟁이 말을 듣지 않을 수 없었다. 아버지와 어머니는 모든 일을 점쟁이와 의논했다. 신기하게도 점쟁이는 지난날은 모두 맞춘다. 어리석은 자의 불안한 표정에서 나름대로 적당히 변죽을 울리면 많은 사람이 자신의 불행을 과포장해서 점쟁이 앞에 내놓기 때문이다. 그러면 점쟁이는 약간의 위로와 함께 엄청난 불행을 예고해서 인간들을 마음대로 주물렀다. 사람의 말은 씨가 된다. 점쟁이가 슬쩍 던지는 말이 가끔 불씨가 되어 사람들을 괴롭혔다. 그 우연한 일치에 많은 사람이 벌벌 떠는 것이다. 인간의 약함과 어리석음을 교묘히 이용한 장사가 점쟁이건만.

"이곳과 지연(내 이름)이는 서로 살(殺)이 끼었어요. 액땜을 해야 해요. 그렇지 않으면 당신(아버지)이 죽을지 몰라요."
내가 죽을지 모른다고 했으면 그 말을 듣지 않았을 것이지만, 아버지의 목숨이라는 말에 반박하지 못하고 점쟁이의 뜻을 따랐다. 검은 치마에 풀 먹여 깃이 세워진 교복을 입고 버스에서 내리자마자 새엄마 손에서 흰 바탕에 청색 풀 무늬가 그려진 투박한 항아리 모양 요강을 받았다. 단정한 머리에 보기 드물게 도시로 유학을 한 내게 견디기 힘든 일이었다. 더구나 내가 다니던 여고는 군 단위에 많아야 한두 명 정도인 명문. 그랬지만 아버지를 위해서 굴욕을 참고 요강을 들고, 고개를 숙이고 큰길을 지나 골목으로 들어섰다. 그렇게 그곳은 처음부터 철저히 나를 박대했고 상대적으로 나 역시 정들지 않는 지방에 자주 가지 않았다.

두 번째 방문은 더 고약했다. 겨울방학을 해 어쩔 수 없이 고향에 가야 했는데 그날따라 유난히 눈이 많이 내렸다. 버스가 K읍을 향해 출발할 때는 눈이 조금 뿌렸다. 가지 않고 지낼 구실이 있기를 바랬지만 이유 없이 방학까지 타향에서 지낼 수 없어 망설이다가 결국 막차를 탔다. 버스는 비포장도로의 언덕을 오르는 데 힘이 들었는지 천천히 움직였다. 예정된 시간보다 훨씬 늦게 중간 지점에 도착했다. ××재에 눈이 많이 쌓여 버스 운행이 중단되었다는 정류소장의 말에 가슴이 철렁했다. 시계를 보니 11시가 넘었다. 예정대로라면 K읍에 도착하고도 남은 시간인데. 나는 몇 명의 승객과 어울려 버스회사에서 마련해준 숙소에 머물렀다. 냄새나고 지저분한 방이었지만 누구도 불평하지 않았다. 나를 비롯한 일곱 명의 승객들은 좁은 방에서 새우잠을 청했다. 눈은 밤새 계속 내렸다. 어떻게 해야 할까? 잠을 청하는데 가슴이 무거웠다.

이튿날. 세상은 온통 하얗게 되어 있었다. 되돌아갈 차도 없다. 우리

일행은 ××재를 걸어 K읍으로 가기로 했다. 거리가 그곳이 가깝기도 했지만, 대부분 사람이 모두 K읍 사람들이기 때문이다. 사람들이 나를 쳐다보았다. 여자는 나 혼자, 그들에게 나는 곤란한 짐일 뿐. 나는 싱긋 웃으며 K읍으로 가야겠다는 의사를 표현했고, 우리는 걷기 시작했다. 다행히 눈은 멈췄지만 쌓인 눈이 허리까지 차올랐다. ××재는 높아서 눈이 녹지 않은 상태였다. 철저한 푸대접에 울분을 씹으면서 묵묵히 걸었다. 건강한 남자들이 닦아놓은 길을 열심히 따라 걸었다.

고개꼭대기에서 아래를 내려다보니 설경은 너무 아름다웠다. 배가 고팠지만, 주머니에 돈이 없다. 어젯밤 내겐 차비만 남아 있었다. 아버진 내게 여유 있는 후원자는 아니었다. 나는 꼬박꼬박 가계부를 써서 아버지에게 보냈고 그것에 따라서 향토장학금이 책정되었다. 내게 후하지 않은 아버지를 원망하진 않았다. 아버지에겐 다른 여자(새엄마)와 또 자식이 있었기 때문이다. 나는 엄마의 이름도 얼굴도 모른다. 누구도 가르쳐주지 않았기 때문이다. 내가 여섯 살 때 새엄마가 들어왔고 아버지는 그때부터 적이 되었다. 아버지는 지방공무원이었고, 그래서 나는 아버지를 따라 이곳저곳 이사를 자주 다녔고, K읍도 그렇게 주어진 생활터.

우리 일곱 명은 모두 가난한 사람들이기에 아침을 먹을만한 여유는 아무에게도 없었다.

새벽에 출발해 열한 시가 되었지만 서로의 형편을 알기에 누구도 식사에 대해서 언급하지 않았다. 이름도 모르는 면 소재지에서 결국 나는 항복하고 눈길에 쓰러졌다. 일행은 나를 일으켜줄 뿐 그 이상의 친절은 없었다. 다행히 평평한 길이었다.

"학생."

소리 나는 쪽을 보았다. 자전거를 탄 청년이 나를 보고 있었다.

인간의 질은 첫 만남에서는 표면에 나타나지 않는다. 나는 고마움을 느꼈고 그의 자전거에 실려 두 번째 K읍에 들어갈 수 있었다. 자전거 타는 솜씨는 제법이었다. 나는 그의 등에 기대 앞에서 불어오는 바람을 피할 수 있었고, 새벽부터 얼기 시작한 몸을 그의 체온으로 녹였다.

사람의 내장은 부끄러움 따위는 전혀 못 느끼는 염치없는 부분이다. 전날 저녁부터 밥을 구경하지 못한 배가 꼬르륵 소리를 내자 그가 먹을 것을 사 주었다. 그때부터 내 눈에 콩깍지가 끼었다. 아버지의 재혼으로 남자에게 혐오증이 생긴 내게 그는 색다른 형태로 나타났다. 세상에 이렇게 다정한 남자도 있구나 하는 무서운 착각의 시작, 그리고 인생의 휘청거림의 시작.

그가 내게 베푼 호의에 정중히, 눈물겹게 감사했다. 배고픈 돼지였기에 허겁지겁 그릇을 비웠고, 그런 나를 그는 신기하다는 듯 빤히 내려다보고 있었다. 그는 자신의 밥까지 내게 주었고 순간 왈칵 울음이 나왔다.

아버지의 재혼으로 외톨이가 되어 자폐증 환자에 버금가는 상태로 소녀 시절을 보냈다. 그런 내게 그의 친절은 뜻밖의 일이었고 자폐증이 잠깐 치료되는 시초가 되었다.

"고맙습니다."

"그런 인사는 받는 게 아니야. 난 입으로 받는 인사는 싫은 사람이야."

"그럼 어떻게 해요?"

"나중에 받지. 곱으로 받을 거야. 세상에 공짜는 없으니까."

자세히 그를 보면서 처음으로 정말 잘생긴 남자구나! 생각되었다. 그의 이목구비는 나무랄 데 없는 조각품이었다. 나는 몰래 본 국산 영화의 인기 있는 남자배우를 생각했다. 두 사람이 한자리에 선다면? 사람들은 그의 손을 들어줄 거야.

그를 두 번째 만난 것은 지하수 질이 좋지 않아 공동우물에서 물을 길어오는 길모퉁이에서다. 도대체 시골 물이 머리를 감으면 오히려 허연 가루 같은 것이 빗에 묻어나오곤 했다. 그래서 새엄마는 머리 감을 물을 내게 길러오게 했다. 군청 옆 공동우물에서 집까지의 거리는 상당히 멀었다. 어려서부터 집안일은 도운 탓에 물을 긷는 일 따위는 크게 힘든 일은 아니었지만 거리가 멀어 조금 언짢은 기분이 되었다. 물동이에 물을 가득 채우고 바가지를 거꾸로 엎으면 물이 출렁거리지 않는다. 그러나 물동이가 너무 커 물을 가득 채우지 않아 걸어오는데 자꾸 몸이 흔들렸고, 동이 위의 물이 튀어나와 얼굴에 흘러내려 손으로 물을 훔치면서 울상이 되었다. 새엄마에 대한 원망이 눈물로 흘렀다. 겨울과 물방울은 사람에게 힘든 일이다. 갑자기 물동이가 가벼워져. 깜짝 놀라 뒤를 돌아보니. 그가 물동이를 들고 엉거주춤 엉성한 자세로 서 있었다. 가슴이 뜨거워졌고. 눈물이 주르르 쏟아졌다.

"가엽게도."

대문 앞까지 물을 들어다 준 그에게 진실로 감사하다고 했다. 나중에 곱으로 받겠어.

그의 눈이 장난스럽게 나를 쫓아 다녔다. 어디에 사는지 누군지 묻지 않았다. 남의 일에 관심을 기울일 만큼 난 한가한 사람이 아니다. 집에서 생활은 언제나 긴장의 연속. 언제 터질지 모르는 아버지의 고함과 싸늘한 새엄마의 시선 때문에 언제나 위축상태. 새엄마는 전형적인 계모, 아버지는 여자에 약한 무능한 남자. 더 거슬러 올라가면 초등학교를 지낸 곳에서의 생활은 너무 비참했다. 바로 옆집의 아주머니는 본처가 죽은 곳에 개가한 여자. 그리고 그 집에도 내 또래의 여자가 있었다. 새엄마와 그 아주머니는 마치 누가 더 악독한 계모인가 내기라도 하듯이 우리(나와 옆집 아이)를 괴롭혔다. 우리가 제일 싫었던 것은 밤새 아버지와 어머니가 싼 요강을 비우는 일이었다. 어른들의 오줌 냄새는 참 지독했다. 우리는 구역질을 하면서 요강을 도랑에 비웠고 겨울에도 짚에 검은 비누를 묻혀서 요강 밑바닥을 빡빡 닦았다. 그렇게 하지 않으면 누렇게 오줌 찌꺼기가 요강 바닥에 늘어붙기 때문이다. 요강을 비우면서 우리는 우연히 보게 된 아버지와 새엄마의 행동에 대해 말하며 키득거리며 웃었다. 그리고 가끔 그 애와 나는 사람들 눈을 피해 어른시늉을 내기도 했다. 그러면서 스스로 마음을 닫는 일에 열중했으며 남을 향한 관심 따위는 언제나 먼 산의 불이었다.

방학이 아니면 난 시골에 내려가지 않았고 자꾸 이사 다니는 곳에 대해 어떤 관심도 없었다. 종이 한 장으로 우리 가족은 언제든지 이곳, 저

곳으로 옮겨 다니는 철새다.

얼음을 깨고 빨래하며 손을 호호 불었다. 빨래는 꽉 짰지만, 추위에 곧 얼고 손이 몹시 시렸다. 빨래통을 머리에 이고 일어서는 눈에 그의 모습이 보였다. 그는 영화 속의 주인공처럼 자전거를 논두렁에 눕혀놓고 앉아 있었다. 마치 옆집 소녀와 그 짓을 하다 들킨 것처럼 홍당무가 되었다. 그는 내 빨래통을 번쩍 들어 자전거 뒤쪽에 실었다.

"너는 앞에 타라."

선택의 여지는 역시 없는 상황이다. 집으로 오는 길에 우리는 붕어빵을 사 먹었다. 바싹 부풀었던 밀가루 빵은 한 입 베자 폭 쪼그라들었다. 얼어있던 가슴이 붕어빵의 따스한 기운에 녹기 시작했다.

"누구신가요?"

처음 그에게 물었다. 그는 내 손을 잡아 호호 불어주면서 대단히 슬픈 표정을 지었다. 동정 받고 있다는 생각만 들면 알레르기 증상을 일으키는데 그런 기분이 들지 않았다. 그렇게 우리의 만남은 언제나 선택의 여지가 없는 상황에서 일어났다.

"이번에는 고맙다는 말은 하지 않는구나."

"고마워요."

"이번에는 답례를 받고 싶은데……"

"저는 돈이 없어요."

정말 돈이 없는 나는 난감했다. 어떻게 해야 하나? 그가 앞으로 다가왔다. 모든 것이 대단히 예뻤지만, 입술이 예뻤다. 내 어깨를 잡고 가만히 입술을 내 이마에 갖다 댔다. 뜨거운 전류 같은 것이 이마에서 발끝까지 자극했다. 그곳은 사람들이 드나드는 골목길이었지만 개의치 않았다. 상당히 오랜 시간으로 기억되었다. 초등학교 때 옆집 아이와 어른 흉내를 낼 때의 기분과 비슷한 짜릿함에 놀란 나를 보고 그는 재미있다는 듯이 웃으며 손을 흔들어주었다.

첫 번째의 만남은 우연이었고 두 번 세 번의 만남은 그가 만든 우연이었다. 고등학교 삼학년 겨울방학 때 일이다. 내 주위에서 서성대기 시작하는 그의 모습을 찾아 언제나 주위를 살피게 되었다. 가만히 방안에서 뒹굴기만 하던 나는 그의 모습을 보고자 일없이 외출을 시작했다. 그는 강아지처럼 언제나 동행이 되었다. 물을 긷는 일도 빨래를 하는 일도 즐겁게 생각되었다.

고등학교를 졸업했다. 아버지는 전실 소생인 내게 대학의 혜택을 주시지 않았다. 공무원의 박봉으로 서울로 가겠다는 내 욕심을 채워줄 수는 없었다. 그래서 나는 처음부터 환영하지 않는 K읍을 향해 무거운 걸음을 옮겼다

"너의 귀향을 진심으로 환영한다."

그의 뜻밖의 환대에 감격했다. 정말 열심히 살았다. 그에 대해 조금씩 눈을 뜨기 시작했다. 들려오는 소문은 대단히 나쁜 사람이라는 것. 고등학교도 졸업하지 않고 여자와 살림까지 차린 적이 있고, 자전거 뒤에는 항상 다른 여자들이 번갈아 타고. 그에 대한 환상이 깨지면서 내가 천(?)한 여자들 중의 한 사람이구나 하는 생각에 힘들었다.

'죽여 버리겠어.'

마음속에서 그를 죽이기 시작했다. 그를 죽이기 위해서라면 어떤 짓도 할 것 같았다. 그를 죽이지 못하면 같이라도 죽어야지 생각했다. 그가 세상에서 숨을 쉬고 있다는 사실은 미칠 노릇이었다. 그가 다른 여자에게 웃음을 주고 있다는 생각은 견디기 힘들었다. 그가 내게 준 우연한 친절에 너무 감동한 내게 대한 어리석은 혐오. 그런 우연은 그의 계산된 레퍼토리였는데, 이런 바보 같은 지연아.

"난 세상이 싫어요. 죽고 싶어요."

어느 날, 또 그가 만든 우연 속에서 지껄였다.

"같이 죽을까?"

"댁도 죽고 싶어요."

"죽고 싶지는 않지만 너하고 라면 같이 죽을 수도 있지."

"왜요?"

"네가 좋으니까?"

좋다고 말할 때 그의 눈빛이 진실 같았다.

"정말 죽고 싶어요."

나는 내가 만든 죽음에 그를 밀어 넣기 위해 필사적이었다. 죽고 싶은 이유를 설명했다. 아버지의 재혼을 설명했고 새엄마의 학대를 설명했다. 그를 죽이기 위해서 학교 다닐 때 남자 선생님에게 성폭행을 당했다는 거짓말까지 했다.

가방 속에는 그가 준비한 약이 들어있었다. 우리는 눈이 조금씩 내리는 겨울밤 죽음 여행을 떠났다. 완행열차는 느리게 우리를 운반했다. 그의 웃음 속에서 음모를 키웠다. 가로등 아래 날리는 눈이 참 쓸쓸했다.

항구의 겨울밤은 새엄마의 마음보다 쌀쌀했다. 비린내가 우리를 맞이했다. 그리고 항구 특유의 소란함이 있었다. 그의 손끝에서 내 열아홉이 사그라졌다. 나는 그가 따라 준 술 한잔과 웃음에 인생을 던졌다. 그러면서도 마음속으로 생각했다. 왜 그를 죽이고 싶었는지를. 그것은 무서운 독선이었다. 세 번의 친절에 마음을 송두리째 그에게 주고 말았다. 그의 잘생긴 용모에. 그리고 그의 모든 것이 내게 예속되기를 기대했는데 돌려오는 소문이 나의 꿈을 여지없이 윽박질러버렸다. 보통 심심풀이 여자에 지나지 않은 사실이 나를 화나게 한 것이다.

죽음은 준비되지 않은 상태에서 맞이해야 하는 것. 그것을 모르고 죽음 여행을 시도한 나는 다음날부터 회의에 잠기기 시작했다. 그의 손끝에서 떨면서, 부서지면서, 알 수 없는 행복에 젖어 들면서, 나는 그의 마지막 여자로서 살고 싶다는 새로운 삶을 기대했다. 그는 사력을 다해 내 몸을 일깨웠다. 그의 손끝에서 내 열아홉은 풍선처럼 부풀어 오르기를 계속 반복했다. 그때마다 죽음이 비웃으며 나를 빠져나왔다.

"우리 그냥 살자. 같이 살자."

그가 꿈결에 귀에 대고 속삭였고 나도 죽음에 대한 두려움에 이틀째의 여행은 엉망이었다. 죽음은 두려운 악마였다.

"평생 나만 생각해 줄 수 있어요."

"그렇다니까."

"댁은 누구세요?"

"나이는 스물일곱. 직업은 장사꾼. 오남이녀의 장남. 학교는 중졸. 취미는 자전거 타는 것. 소질은 여자에게 알랑대는 것. 특기는 여자를 후리는 것."

"좋은 이야기를 해줘요."

"별로 없어."

"저에 대한 접근도 계획적인 놀음이었어요?"

"호기심이 생겼지. 온몸에 눈을 묻힌 상태로 떨고 있는 네가 안쓰러웠다. 가슴이 아팠거든. 여자에게 그런 마음 느낀 것은 처음이었다. 여자를 보호해야 한다는 생각은 못 한 사람이야. 적당히 즐기는 상태로 여자는 필요한 존재였으니까. 너를 조사했지. 그래서 많은 것을 알아. 우리 고장은 외지에서 괜찮은 여자가 들어오면 절대로 그냥 보내지 않아. 고장의 발전을 위해 종자 개량을 하겠다는 거지. 누가 너를 점찍기 전에 내가 도장 찍고 싶었다. 이유는 그것뿐이야. 괜찮은 여자에 대한 욕심에서 우연을 만들었지. 난 상대에 대해 완전히 안 후에 접근할 줄 아니까. 그래야 문제가 생겨도 여자가 말썽을 일으키지 못하니까. 여자들은 필요악으로 나를 괴롭혔어. 좋은 여자와 가족이 되는 일이 남자들의 최후 이상이 아니겠어? 그렇게 괜찮은 여자가 들어오면 이곳에 눌러 앉히지. 옛날식이야. 결혼이라는 굴레로 말이야. 그렇게 해서 군민의 종자를 우량으로 만드는 거야. 남자들끼리 불문율이야. 그래서 보쌈이라는 것도 있어. 헌데 난 그런 치사한 방법은 싫어. 그런데 너를 점찍은 녀석이 있다는 정보를 들었어. 그래서 네게 도장을 찍을 생각이었지."

"나는 내 것이 필요한 사람이에요."

"자신은 없지만 노력할게. 그러니 우리 살아보자."

그와의 살림을 시작하는 데 큰 어려움은 없었다. 우리는 작은 방을 한 칸 얻었고 처음은 즐거웠다. 그의 집에서는 아무 문제가 없는데 우리 집에서 문제를 만들었다. 버려진 미아처럼 나를 외롭게 만들었으면서 그와의 관계를 여러 가지 이유를 들어 허락하지 않았다. 아버진 술만 마시면 내게 와서 폭력을 행사하였다. 그런데 복병은 또 다른 곳에 무섭게 자리하고 있었다. 그는 매우 친절했지만, 순간적으로 잔인하고 난폭했다. 아버지의 폭력도 염려에 의한 사랑이 아니었다. 화풀이 상대를 찾은 사람의 비겁한 돌출구였다. 사랑은 그런 식으로 자신의 감정을 폭력으로 나타내는 것이 아니다. 폭력은 당하는 사람에게는 어떤 변명도 이해할 수 없는 수학 문제다. 나를 요강으로 맞은 고장은 그 이상의 치욕을 주었다. 사람들 앞에서 아버지 화풀이 대상이 되었다. 머리를 잡히기도 했고 발길에 차이기도 했다. 처음 몇 번은 그가 나의 방패막이 돼주었지만, 아버지의 상대로 그는 싸움하는데 질리기 시작했다. 나도 더 그 고장에 미련을 두지 않았으나 그의 손을 놓을 수는 없었다. 옆에 두기에 외모상으로 그가 너무 아까웠다.

생활을 시작하자 여러 가지 문제가 있었다. 발도 잘 씻지 않았고 이도 잘 닦지 않았다. 그는 오로지 여자를 육체로 만족시키는 일에만 열심인 사람. 아아, 정말 누가 그 기분을 알까? 먹기는 싫고 남에게 주기는 아까운 물건의 처리가 얼마나 골치 아픈 것인지.

소문은 단순한 소문이 아니었다. 그와 만남은 실수였다. 하는 후회가 시작되었지만 그를 누군가에게 보낼 마음은 엄두가 안 났다. 같이 계속 살 수도 없고 다른 여자에게 주기는 싫은 마음이 계속 나를 지배했다. 그러다가 결정적으로 충격적인 사건이 벌어졌다. 아버지와 싸움이 붙은 것이다. 그는 더는 아버지에게 시달리는 나를 보고 있을 수 없다면서 주먹을 휘둘렀고 아버지가 땅에 나동그라졌다. 나는 그의 주먹이 아버지를 향해 공중에서 춤을 출 때 순간적으로 더운 여름날 소나기 뒤에 살짝 얼굴을 내민 아름다운 무지개를 보는듯한 착각에 잠겼다. 아버지에 대한 숨은 분노가 만든 감정이다. 아버지의 고소로 그가 구속되었다. 나는 유치장 밖에서 그의 후줄근한 모습을 보았다.

"고소를 취하하게 해주라."

그는 히죽 웃었다. 그때 처음으로 내가 헛것을 보았다고 생각했다. 며칠을 유치장에서 지낸 모습, 수염과 냄새나는 그의 몸은 내게 어떤 타협도 만들지 않았다 나는 그길로 K읍을 도망쳐 나왔다. 그 점쟁이는 대단한 신통력을 가진 모양이다고 코웃음 치면서.

서울은 내게 후했다. 작은 회사의 경리로 들어갈 수 있었고 사장의 배려로 야간대학도 다닐 수 있었다. 그의 소식은 아버지 편에 얼핏 들었다. 삼청교육대로 들어갔단다. 망할 자식. 그리고 일 년 후, 그가 교통사고로 죽었다는 소식까지 전해졌다. 아아, 죽었구나. 그에 대한 나의 살의가 효력을 발생했구나 하는 안도의 시간이 얼마큼 흐르고 난 뒤 허전해지기 시작했다. 나는 그가 별을 하나 달고 내게 나타나서 기생해 주기를 바랐다는 사실을 깨달은 것이다. 죽음은 지나친 소유욕의 최후의 장소라는 것도 알았다. 그때 나는 이상의 날개를 탐독하고 있었고 금홍이가 되기를 원하고 있었다. 나는 가끔 신문을 보면서 그가 나를 찾는 광고라도 있으려나 하기도 했다. 그리고 그가 죽지 않고 나를 찾을 지도 모른다는 망상에 잠기기도 했다. 나는 그의 마지막 여자로서의 영광을 기대하고 있었다. 그러나 그것은 허무맹랑한 기대였고 그의 죽음은 사실이었다. 눈이 조금씩 날리는 겨울밤은 언제나 무서웠고 풍문으로 들은 그의 죽음에 가끔 의심이 생겼다. 그래서 십 년이 지난 겨울밤 K읍을 찾아가 그의 무덤을 확인했다. 무덤에는 작은 비석 하나가 그의 모든 것을 대신해주고 있었다. 정말 죽었구나. 그때부터 나는 다른 병이 생겼다. 그의 마지막 눈동자에 내가 들어있었을까 하는 의문병이다. 그러나 누구에게도 확인할 수 없다. K읍에서 그는 죽은 남자이고 나는 죽일 년이 되어 있기에. 나는 죽일 년으로서 대낮에 그 고장을 찾을 배 짱도 없다. 내가 그를 버린 것이 아니라 그가 나를 버렸구나 하고 결정을 내렸다. 참혹하리만큼 비참한 기분이 들었다. 나는 다른 남자의 생각 속에서 살고 있을 때도 그를 기다렸었다. 언제나 나는 세 사람이었다. 그는 기쁠 때나 슬플 때나. 언제나 곁에서 비웃고 있었다.

어느 해였던가. 생활이 하도 고달파 밤중에 그의 무덤을 찾았는데 시들지 않는 꽃을 보고 누군가가 다녀갔다는 생각으로 질투에 어쩔 줄을 몰랐다. 역시 그는 죽어서도 나만의 것이 아니라는 억울한 생각 때문에. 아버지와의 인연도 끝냈다. 그렇지만 꿈에도 나타나지 않는 그를 언제나 기다리면서 세월과 치열하게 싸움질하며 살았다.

우연히, 정말 우연히 서울역에서 그의 여동생을 만났다. 황량한 겨울 바람 때문에 목을 움츠리고 서 있는 내게 인사를 하는 여자를 기억하지 못했다. 나는 그녀를 본 적이 없기 때문이다. 그녀는 그와 살림을 시작하기 전에 출가했기 때문이다. 그런데 그녀가 나를 기억하고 있었다.

"지연이 언니, 이지연씨죠?"

너무나 뜻밖이다. 나를 아는 사람은 서울에 아무도 없다. 나는 행여 누가 알까 봐 언제나 꼭꼭 숨어 살았다. 죄인의 은둔처럼 무시무시한 침묵 속에 살았다. 외출은 극히 필요한 상황뿐, 많은 시간을 집에서 보내는 데 소비했다. 지금의 남편은 내막도 모르고 내 생활에 찬사를 보냈다. 남편은 자주 외출하지 않는 내 모습에 현모양처의 표본을 본 모양이었고, 나도 그런 남편의 순수함에 감사하고 살았다.

"지연이 언니."

우리는 담배 연기가 자욱한 역 대합실에 앉았다. 얼마 만인가? 이십여 년이 지난 것이다. 그녀의 입에서 쏟아질 비난이 무서워 감히 말을 꺼내지 못했다. 죽일 년이 된 내가 그의 식구들에게 무슨 말을 하겠는가. 내 생각이 씨가 되어 그를 요절하게 했는데. 한국은 너무 좁아 숨을 자리가 없구나 생각하며 그녀의 침묵이 끝나기만 바라고 있었다.

"오빠가 언니 많이 찾았어요. 죽일 놈은 나라고."

"찾았어요. 나를……"

가슴이 쿵 무너졌다.

"언니는 아무 잘못이 없다고. 언니의 아버지에게 몇 번이나 부탁했지만 끝내 알려주지 않았어요. 그리고 술 취한 채 자전거를 타고 가다가 그만. 왜 그랬는지 ××재까지 자전거를 타고 나갔어요. 아주 낡은 자전거였어요. 돌아오다가 그만. 그리고 마지막 숨을 거두면서 언니 이름을 불렀어요. 삼청교육대에서 나와 한동안 오빠는 정신이 없었어요. 맨발에 고무신을 끌고 동네를 돌아다니기도 했어요. 사람들이 미쳤다고 했어요. 그러나 오빠는 미치지 않았어요. 오빠는 정말 언니를 좋아했나봐요. 언니의 아버지에게 무릎을 꿇기도 했어요. 오빠의 그런 모습은 처음이었어요. 오빠는 어떤 경우에도 무릎을 꿇는 일은 없었어요. 아버지의 몽둥이에도 서서 버틴 사람이에요."

"그만, 됐어요."

나는 그녀의 다음 말을 서둘러 막았다. 그가 마지막까지 나를 찾았다는 말은 기쁨이 아니라 고통으로 가슴에 못을 막았다. 이런 우라질 일이 어디에 또 있겠는가?

"언제든 언니를 만나면 전해주라고 조그만 물건을 맡겼어요. 그러나 언니의 소식을 알 수 없더군요. 오빠가 그렇게 된 후에 언니의 아버지를 한번 만났지만, 여전히 어떤 도움도 주지 않았어요. 지독한 분이셨어요."

그래 정말 지독한 분이다. 한마디만 내게 들려주었으면 나의 이십 년 세월에 그렇게 먹구름 속이 아니었을 텐데. 아버지는 내게 너무 인색하구나.

"죽었단다. 다 잘된 일이지."

나는 그때 아버지의 표정은 기억할 수 있었다. 남의 입에 든 사탕을 빼앗아 먹는 표정. 이제 알 거 같다. 아버지는 나의 마음의 행복을 원하지 않으신 거야. 당신이 내게 준 불행이 시들어 말라버리는 것을 원하지 않았어. 그것은 가족에 사랑이 아니었어. 그것은 인간의 교활한 욕심이었어. 내 불행을 음미하신 거야. 아버지는 내 친아버지였을까? 아니 아버지와 나의 거리는 그 사건으로 도저히 가까워질 수 없는 것이야.

"미안해요. 그랬는데 얼마 전에 장롱을 뒤지다가 버렸어요. 언니를 만날 수 없을 것 같았어요. 이렇게 우연히 만날 수 있는 것을."

"무엇이었어요?"

"무슨 뱃지 같은 것이었어요. 언니의 것이라고 했어요. 별이 그려져 있었어요. 미안해요. 정말 미안해요."

"괜찮아요. 어차피 쓸모없는 것이에요."

눈물이 나왔다. 뱃지라. 고등학교를 졸업하고 진학을 포기한 채 시골에 가서 교복을 찢어버리려는데 별이 그려진 뱃지가 보였다. 그 뱃지를 빼내어 지갑에 항상 넣고 다녔는데, 어느 날 없어져 버렸었다. 어디에 빠뜨린 기억은 없는데. 그렇게 한번 나를 떠난 뱃지는 돌아오지 않았다. 그가 갖고 갔구나. 그렇게 그랬었지. 그에겐 좀 우스운 버릇이 있었다. 나를 만나면 지갑이나 주머니를 장난삼아 뒤지곤 하였다. 이유를 물으면 행여 자기 이외 남자의 냄새라도 들어있지 않은가 감시한다고 했다. 아아, 그는 정말 나만을 생각했구나! 아버지 당신은 정말 나의 친아버지입니까? 따져보고 싶은데 아버지가 불행히 세상에 안 계시다. 그가 나를 찾지 않았다는 생각 때문에 내 마음은 이십여 년을 우울의 터널 속이었습니다. 돌아가실 때라도 그의 말을 제게 해 주셨다면 이십여 년 중에 이삼 년이라도 빨리 생활에 즐거움을 찾을 수 있었을 것을. 어머니 이야기도, 그의 이야기도 그렇게 제게 들려주기 싫은 이야기였나요? 제게 조그마한 기쁨이라도 행여 있을까 봐서요.

"어떻게 사셔요?"

"그럭저럭 살았는데, 앞으로 잘 살 거예요."

그의 소식이 너무 늦게 도착했다.

아니 진즉 알려고 노력이나 할 것을. 왜 사람들과 부딪힘에 항상 주저주저했을까? 나는 왜 이렇게 바보였을까? 이렇게 모두 나를 기억하고 있었는데. 내가 여섯 살 때 본 아버지와 새엄마의 첫날밤 때문이었을까? 잠자다 낮에 먹은 많은 음식 때문에 물이 먹고 싶어서 눈을 떴다. 호롱불 밑이다. 그때 정말 우연히 아버지와 눈이 마주쳤다. 아버지는 대단히 노한 표정을 지으셨고 어린 나는 갈증을 참느라 힘이 들었다. 그때부터 아버지와는 거리가 생겼다. 아버지는 언제나 그 표정이셨다. 성내고 있었다. 그것은 도둑질하다 들킨 사람의 눈빛 같기도 했다. 시대가 어수선해서 좀도둑이 득시글거릴 때, 도둑은 주인을 만나면 오히려 겸연쩍어 성낸다. 그러면 주인이 오히려 민망해했다. 누가 도둑이고 누가 주인인지 애매한 만남. 아버지, 한 번쯤은 제게 속죄를 해주셨으면 좋았을 것을. 그렇다면 아버지의 죽음에 더 슬픈 마음이 되었을 것을. 아버지의 부고를 받고 눈물 한 방울 흘리지 않는 불효를 저지르지 않았을 텐데. 아니 그보다 내 인생이, 아버지의 불쌍한 딸의 인생이 조금은 행복했을 텐데, 적어도 지금보다는 매우 행복했을 것을. 아니 슬프지 않았을 텐데.

돌이켜 보건대 그래도 내가 제일 행복한 순간은 그와의 시간이었었다. 누구 말마따나 개 같은 인생도 아니고 개보다 못한 인생이었다. 그런 생활 속에서 유일하게 웃음을 가져다준 사건은 그가 만든 몇 번의 조작된 우연이었었다. 아주 짧은 기쁨이었지만 오랜 시간 웃음을 만들어 준 사건이었는데. 나는 자격지심에 자신을 팽개치고 살았다. 인생이란 이런 회한의 연속이거늘. 서럽고 억울한 인생을 오래 살았다는 생각이 든다. 남은 세월이 더 짧을진대. 아니 어떤 기쁨도 이제는 무가치한 나이에 접어들었는데.

주전자의 물은
언제나 혼자 끓는다

주전자의 물은 언제나 혼자 끓는다

'오늘은 문자 커피입니다. 크림은 넣지 않고 그리움을 약간.'

전화를 기다리던 강 씨는 문자를 보고 약간 식은 커피를 마셨다. 담배와 더불어 언젠가부터 중독이 된 아침 커피다. 사람들은 커피와 담배의 해독성에 대해 많은 말을 하지만 강 씨에게는 오히려 정신적 구원이다. 더구나 아내까지 일찍 보내고 홀로 된 강 씨에게 남은 유일한 친구다. 한데 오늘따라 커피 맛이 왜 이렇게 쓰기만 한 지 이유를 모르겠다.

아침이면 눈을 뜨자마자 담배를 찾아 물고 커피포트에 물을 넣어 크림도 설탕도 넣지 않고 약간의 쓴맛을 음미하며 하루를 시작했다. 10년이 넘은 생활이다. 아내의 마지막 가는 길도 보지 못한 무심함에 자식들은 넌더리를 내고 떠났다. 자식들이 자기를 선택하지 않을 것이란 생각을 해본 적이 없는 강 씨다. 아니 한국에서였다면 어떤 경우에도 이렇게 혼자 버려지지는 않았을 것이다. 부모에 냉정한 그 나라의 정서를 먹고 자란 아이들의 선택이지만 가슴 한구석에 밀려드는 허전함을 견디기 힘들었다. 자업자득이라고 스스로 위로했지만, 깊숙이 스며든 서운함은 어찌 달랠 수가 없다. 그러나 이제 모든 것을 놓아야 하기에 강 씨는 후회보다는 체념으로 홀로서기를 실행하고 있다. 타국에서 들은 아내의 사고 소식에 망연자실하면서도 곧 달려갈 수 없었던 상황을 누구에게 어떻게 설명하겠는가? 아니 아니다. 갈 수 없는 상황이 아니라 일부러 가지 않았는지 모른다. 그가 외국을 떠돌아다닐 때마다 아내는 언제나 사고를 쳤다. 애초에 삶의 방식도 다르고 질도 다른 사람과의 결합은 처음부터 요란한 잡음을 냈다. 부부란 것이 전생의 원수였다는 말이 맞는 것인지 모른다. 티격태격.

가난한 조국에서 그는 15살 되던 해부터 외국을 그리워했다. 평면지도에서 조국은 한가운데에 자리를 잡은 아주 작은 나라다. 세계는 이렇게 넓은데 그에 비해 정말 좁은 땅덩어리에서 그는 아무것도 할 수 없음을 느꼈다. 자연 시간에 과학실에서 지구의를 보고 느낀 절망감을 어찌 말로 표현하랴. 너무 작은 나라. 그런데다 전쟁을 겪으며 느낀 소년의 절망감. 굶주린 주위는 언제나 도둑이 들끓었고 배고픈 형제는 아귀다툼에 열을 올렸다.

그에게는 일이 필요했고 사람들이 그리웠지만 아무도 그에게 어떤 위안을 주지 않았다. 하지만 돌아올 수밖에 없는 상황에서 그는 이민 생활을 끝내고 모든 것을 잃고 조국으로 돌아왔다. 아내가 언제나 같은 자리에서 기다려 줄 줄 알았다. 아니 그랬어야 했다. 그는 아내의 외로움을 경제적인 풍요로 대신해주었다. 어차피 모든 것을 다 가질 수 없는 것이 인생사다. 열심히 일했고 그 대가의 대부분은 아내를 위해 사용했다. 그런데 아내의 외로움은 마르지 않는 샘터였다. 어떤 풍요도 아내는 달가워할 줄 모르고 징징댔다. 짜증도 났지만 무조건 아내를 이해했다. 자신의 역마살이 얼마나 여자를 질리게 하는지를 알기 때문이다. 어딘가로 훌쩍 돌아다녀야만 풀리는 갈증을 어찌 본인이 모르겠는가? 한곳에 머물러 있으면 좀이 쑤시는 듯한 통증이 고질병임을 어찌 본인이 모르겠는가? 사주에 붙은 역마살을 누가 감히 다스리겠는가? 아니 아니다 인생의 고달픔을 그렇게라도 풀지 않으면 어찌 숨이라도 쉴 수 있겠는가? 아무리 콧구멍이 둘이라 해도 삶의 스트레스를 그대로 안고 살자면 사람들은 지레 반은 미치고 말 것이다. 그 방법이 문제인데 강씨는 여행이었다. 축구 경기를 하는데 마지막 승부차기를 하는 시점에서 골키퍼의 초조함과 당황함의 연속이 인생이라는 말을 언제나 실감하고 산 자신이다. 어디를 가도 따라다니던 고약한, 아무리 먹어도 차지 않는 공복의 쓰라림. 위장의 고통은 다른 모든 기관을 무력하게 할 줄 안다.

강 씨는 그렇게 인생에 시달렸다. 인생을 누가 그리 말했나. 희로애락이 서로 잘났다고 키를 재기하는 곳이라고. 어차피 인생이란 망망대해에서 나침반 없이 표류하는 것이라는데, 움켜쥔 손안에서 꿈틀거리는 욕심이 화를 부르고 남 보다 잘살겠다 바둥거리는 몸뚱이는 쉬 피로해지니 모든 것 버리라. 선인들은 유언으로 남기지만 그들도 결국 버리지 못한 많은 것들에 매달려 지금도 구천을 떠도는 원귀가 되지 않았나? 오장육부에 허다한 욕망이 쓰레기처럼 쌓여있는 것이 인간이라고 60년대 영화에서 태현실이 말하더라. 가슴 설레키던 그 여자도 이제 백발

되어 그때 읊은 넋두리를 기억이나 하려나, 하느님이 인간 만드실 때 너무 교만하지 말라시며 부족하게 창조하심이야. 그래서 우리는 언제나 배고프다 아우성. 그래 나는 언제나 배고팠다고 강씨는 들먹였다.

경제가 이상하게 휘청거리고 있을 때 그의 의류 사업도 같이 정신없이 춤을 췄다. 중국이 약속의 땅은 아니지만, 그에게 짭짤한 수입을 안겨주었다. 안돼! 지금까지의 모든 노력이 이렇게 수포가 될 수는 없어. 어떻게 이룬 것인데. 아내의 외로움, 그리고 내 인생의 황금기를 지배한 사업인데. 공자님, 부처님, 하느님, 평소 절대로 부르지 않는 하느님까지 불렀다. 미친 듯이 광활한 대지를 뒤집었지만, 흔적도 없이 사라진 모든 것. 그런데 설상가상 아내가 교통사고로 죽었다는 비보가 날아들었다.

그가 외국을 돌아다닐 때마다 어떻게든 불러들인 아내다. 외로워요. 외로워 견딜 수 없어요. 말이 통하지 않는 생활. 처음부터 이민을 반대한 아내는 술로 나날을 보냈다. 그가 이리저리 사업을 핑계로 돌아다니면 아내는 외로움을 견디기 힘들어했다. 처가 식구를 모두 불러들였지만 먹고 사느라고 아내를 돌보지 않았다. 이번에는 도가 지나친 거짓말이라고 생각했다. 사람의 목숨을 담보로 거짓말을 하는 일은 바람직한 짓이 아니라고 애써 윽박질렀다. 그런데도 마음 한구석에서 음울하게 웃고 있는 불길함도 있었지만, 그는 너무 다급한 상황이었다. 조금 늦게 아내에게 돌아가더라도 손에 무엇인가를 가득 안고 간다면 세상은 눈부신 평화가 있을 것이지만 돈이 없으면 인생은 무조건 수포가 돼버린 것이 자본주의 세상의 맹점이다, 가난은 단순한 불편함이 아니다.

마지막 투자가 중국이었다. 많은 잠재력을 가진 광활한 땅에 마지막 주사위를 던진 강씨. 그러나 강씨는 주사위가 육면이라는 것을 알지 못했다. 대단한 어리석음이다. 나이가 들면 분별력이 없어진다는 말을 그는 무시했다. 하면 되겠지. 이것이 강 씨의 어리석은 자만이었다. 마지막, 그리고 고국으로 금의환향하자. 이것이 그의 꿈이었다. 젊은 혈기로 어디든 떠돌며 즐긴 자신감이 쇠퇴해지기 시작하면서 고국에의 향수가 노쇠한 몸뚱이를 스스로 지치고 허둥대게 한 것이다.

허울 좋은 이름을 가진 도시는 더럽기 그지없다. 여기저기 거지처럼 길에 누워서 잠자는 사람들, 그리고 여행자들을 위한 분별없는 호객행위. 너절한 거리의 점포들. 문이 덜렁거리는 공중화장실의 추태. 길가에 앉아 엉덩이를 벌리고 소변을 보는 여자의 모습. 이곳이 천국이 될 수 없음을 왜 몰랐단 말인가? 사람들이 말하는 잠자는 사자라는 중국이 이런 곳이었나? 어두워도 가로등은 여전히 낮잠 중이고, 오가는 사람들의 발걸음도 빨라지지 않는다. 번지르르한 앞 건물 뒤로 들어가면 50년 전 모습이 그대로 사람들을 품고 살고 있다. 빨간 문패는 알 수 없는 중국말로 그를 놀라게 했다. 어두워지면 꿈쩍도 못 하겠다.

늘어진 거미줄 가락. 낡은 창문, 게으른 남자의 허기진 몸뚱이는 쓰레기통을 뒤지고 늙은 여자는 손수레를 끌고 물건을 팔고자 새벽부터 거리로 나왔다. 며칠을 중국을 뒤집고 돌아다녔다. 문이 열리고 닫힐 때마다 지린내를 풍기는 침대열차에서 밝아오는 더러운 대륙을 보았고 제대로 일어설 수도 없는 침대 버스도 탔다. 2박 3일을 열차로 달리기도 했지만 어디에 흔적도 찾을 수 없다. 도대체 어디에 숨어있단 말인가? 어떤 날은 역사에서 하루를 보내기도 했다. 막연한 기다림이다. 혹시 이곳을 지나갈지도 모른다는 절망적인 기다림이다. 미칠 지경이다. 어둠은 두려움을 가져다주고 절망을 안겨주었다. 몸이 기진맥진한 상태로 이 골목 저 골목을 헤맸다. 정말 그랬다. 어느 나라에서 죄를 짓고 중국으로 스며든다면 아무도 찾지 못한다는 말을 실감했다. 도대체 내 돈이 누구를 따라 어디로 갔단 말인가? 그렇게 중국 본토를 종횡무진으로 움직이기를 두어 달. 그는 낡은 집구석에 난자당한 채 죽어있는 시체를 보았다. 누가? 도대체 누가 이렇게 내게 모진 짓을. 마약이 넘치는 콜롬비아에서 죽을힘을 다해 이제 조금 올라섰는데, 그리고 고국으로 돌아가기 위해 중국에 투자했는데. 내 돈 아니 내 모든 것이 시체와 함께 죽어 버렸다.

거래처 사장은 피범벅 상태로 중국 한가운데에 널브러져 있었다. 시체는 누군가에 의해 형체도 알아볼 수 없을 정도로 처참했다. 군데군데 기워진 흔적. 누군가에게 납치되어 모든 장기를 여러 사람에게 분양한 듯하다. 소문으로만 들은 일이 자신을 기다리고 있었다. 그곳은 함부로 갈 곳이 못 된다는 말을 귓전으로 흘렸는데, 광활한 땅이 부르는 달콤한 유혹의 소리를 어찌 외면할 수 있겠는가? 차라리 나도 저렇게 죽을 수 있었으면 좋겠다. 무리라고 말리는 주위 사람들의 권고를 무시하고 강 씨는 마지막으로 전력투구했지만, 결과는 허허벌판에 홀로 선 초로의 후줄근한 남자의 모습이다.

중국은 그렇게 강 씨를 짓밟았다. 초등학교 때 학교를 파하자마자 미군 부대 앞으로 달려가 배운 유창한 영어도 무용지물이 되었다. 영어 자체를 거부하는 나라에서 그의 몸짓 발짓은 오히려 웃음거리가 된 것이다. 너무 넓어 통제 불가능한 대륙에서의 살인사건은 간단한 조사로 수사가 마무리된다. 더구나 피해자가 한국인이면 일부러 흐지부지 끝내버린다. 모든 것을 잃고 아내에게 돌아갔을 때 아내는 정말 죽어있었다. 아니 흔적도 없어진 것이다. 아이들이 원망의 눈으로 자신을 맞이했다. 술에 취한 아내를 뺑소니가 갈아버려 시체를 수습할 수도 없었단다. 가족에 무책임한 매형에게 조카들을 맡길 수 없으니 우리가 맡겠다는 처남의 말에 할 말이 없다. 아니 능력이 없는 강 씨는 그렇게 모두를 잃었다.

사람들이 많은 지하철 안에서 그녀는 멍하니 앉아 있었다. 그녀 앞에는 종이가방이 서너 개 무엇인가를 가득 안고 서 있다. 강 씨는 그녀의 표정이 금방 울음이라도 터질 것 같아 불안했다. 무슨 슬픔이 저렇도록 다른 사람을 무시하는 눈물을 만들어 주었나. 무거운 짐을 들고 곧 울 것 같은 얼굴로 내리는 그녀를 도와준 것은 아주 단순한 우연이다. 특별한 저의를 가지고 한 행동이 아니다. 짐이 많은 여자의 어깨에 느끼는 연민을 실수라고 말할 사람은 어디에도 없다. 여자의 이마에 흘러내리는 땀방울에 문득 죽은 누이가 생각난 것이다.

배부른 어머니를 대신해 전쟁 때 멀리 인천까지 걸어가서 소금을 얻어오던 누이. 언제나 고마웠던 누이, 결혼하고도 친정 동생들 걱정에 잠을 못 잤다는 누이. 지금은 이미 죽고 없지만 어머니 이상으로 생각난 사람. 검정 치마에 흰 저고리를 입고 언제나 머리에 무엇인가를 이고 다니던 누이. 그것은 소금이기도 했고 보리쌀이기도 했다. 소금인지도 모르고 배가 고파 밤중에 한주먹 집어먹다가 놀라 뱉어낸 기억, 보리쌀을 생으로 씹어먹는데 씹히지 않고 입안에서 멋대로 굴러다녀서 결국 통째 넘기던 아픔. 그 보리쌀은 이튿날 거위의 구슬처럼 그대로 똥으로 나왔었다.

달려오는 상대편의 실수로 가방 하나가 찢어지면서 안의 물건이 지하도 바닥에 떨어졌다. 사진이 있고 상패 비슷한 것이 있고 잡다한 물건이 바닥에 널브러졌다. 여자는 물건을 주우려 하기보다 멍하니 내려다보고 있다. 정신 놓아버린 사람의 쓰러질 것 같은 몸짓이다. 강 씨는 물건들을 주워 한곳에 모았다.

"제가 할래요."

물건을 다시 주섬주섬 다른 쇼핑백으로 옮겨 담은 여자의 눈에서 결국 눈물이 불빛에 반짝였다. 여자는 계속 울고 있었던 듯하다. 강 씨는 순간 당황했다. 굳이 마다하는 여자의 짐을 들고 그녀와 동행을 했다. 10여 분을 걸었으나 여자는 한마디의 말도 하지 않았다.

주차장으로 변한 좁은 마당에. 여러 가지 식물이 자라고 있다. 의외로 꽃이 아니라 식용식물들이다. 상추, 쑥갓, 부추 고추 등등. 좁은 마당에 얼핏 10가지 이상이다. 감나무도 한그루 있고 대추나무도 있고 작은 은행나무, 앵두나무, 단풍나무 등등. 그리고 도라지에 더덕까지 보인다.

현관문을 스스로 따고 여자는 집으로 들어갔다. 강 씨는 마당을 한

참 돌아보았다. 군데군데 좁은 틈에도 잡초가 극성을 부리고 있다. 게으른 여자의 일상이 보였다. 엎드려 잡초를 잡아당겼다.

잡초는 뿌리가 꽤 길게 자란 듯 좀처럼 뽑히려 들지 않는다. 힘의 쇠퇴에 쓴웃음이 나왔다. 젊어서는 쌀 한 가마도 번쩍 들어 올린 힘이 잡초 하나를 제대로 뽑아내지 못하다니. 그는 계속되는 가뭄으로 바짝 마른 땅의 위력을 실감했다. 새삼 무력함이 서글프기 짝이 없다. 고약한 세월 어찌 이리 냉정한지?

"잠깐만요?"

강 씨는 여자의 부름에 걸음을 멈추었다. 시계를 보니 한 시가 훨씬 지났다. 아뿔싸! 친구와 점심 약속을 잊어버린 것이다. 나이가 들자 이렇게 가끔 약속들이 흔적을 감추기를 여러 번이다. 배에서 꼬르륵 소리가 난다. 혼자 사는 생활에 식사 약속은 강 씨에겐 대단히 중요한 것이 돼버렸다.

오랜 외국 생활에 집안은 음식을 만드는 도구조차 없다. 아침은 시장에 가서 빵이나 떡을 사 먹고 점심은 적당히 친구들과 먹고 저녁도 그럭저럭 적당히 먹는다. 먹지 않고 사는 방법이 있다면 얼마나 좋을까 하고 언제나 생각을 하는데 다만 생각뿐이었다.

로마에 가면 로마법을 따르라고 외국에서는 그럭저럭 밥이 아닌 것으로 끼니를 때우기도 했지만, 자신은 별수 없는 한국인이었다. 밥이 아닌 것을 먹으면 자꾸 생각이 났다. 김치도 마찬가지다. 어느 틈에 위장이 고향 맛으로 돌아가 버린 것이다. 귀소본능인가 본다고 헛웃음 쳤다.

"제가 차라도 한 잔 사드리고 싶어요. 아니 누군가와 차라도 한잔하고 싶어요."

여자에게 친절한 것은 그의 습관이다. 아내에 대한 죄책감에 여자에게 친절해진 것이다. 너무 연약한 아내. 풍운아 남편을 건사하기에 너무 여린 아내. 그래서 결국 술을 동무 삼아 그토록 가고 싶은 고국을 그리워하다가 외국 땅에서 이름도 모를 차에 치여 산산조각이 된 아내. 마지막까지 남편의 배웅조차 받지 못하고 떠난 아내.

아내 생각만 하면 언제나 가슴이 먹먹하다. 어떻게 용서를 빌어야 할지. 아무리 후회해도 죽은 아내는 그에게 속죄할 기회조차 만들어 주지 않았다.

"굳이 사시겠다면 차라리 밥을 사시면 더 고맙겠습니다."

어디서든 끼니는 때워야 했기에 강 씨는 자기 생각을 솔직하게 말했다. 그러면서 혹시 여자가 거절하면 어쩌나 하는 조바심이 들었는데 오히려 환해지는 표정에 안심했다.

묵묵히 밥을 먹으면서 강 씨는 여자의 진한 시선에 혼란스러웠다.

"저 시간이 괜찮으시면 오늘 저와 같이 지내실 수 없는지? 오늘은 혼자 있는 게 무서워요. 초면인데, 너무 염치없는 부탁인 줄 아는데."

강 씨로서는 반가운 제안이다. 친구들에게서 이미 약속장소를 이탈했다는 연락이 왔다. 어딘가 오늘 남은 시간을 혼자 배회하지 않아도 된다는 생각이 즐겁다.

최근에 강 씨는 즐거움과 자꾸 멀어지는 자신의 모습에 혼자 두려운 짜증에 시달리고 있었다. 사람들이 그리워지는 마음이 무섭다. 밤이면 잠도 이제는 열심히 오래 불러야 온다. 나이 들면 잠이 먼저 도망간다더니. 이런 현상인가 보다 생각하면 정말 기분 더러웠다.

늙음이라는 것이 이렇게 강력한 힘을 가졌을 줄 정말 몰랐다. 아무리 미워해도 눈 한 번 깜짝하지 않고 막무가내로 제 하고 싶은 대로 하는 왕고집인 줄 정말 몰랐다. 사람들의 서글픔, 외로움, 쓸쓸함 다 무시하고, 사람들의 초라한 몸부림에 시시덕거리면서 혼자 독불장군 행세하는 늙음이라는 고약한 괴물. 그러나 한 가지 좋은 것은 사람의 어떤 지위나 부에 차별 두지 않고 모두에게 공평하다는 것이다. 강 씨는 자신의 역설에 픽 혼자 웃어버렸다. 혼자 웃는 웃음에 익숙한 모습이 짠하다. 단순히 몇 마디 주고받는데 강 씨는 몹시 답답했다. 자신의 틀 속에 갇혀서 빼도 박도 못 한 상태로 갑갑해 하는 모습이 보는 이를 안타깝게 했다.

"저 오늘 퇴직했어요."

그랬군. 가슴을 짓누르던 알 수 없는 것이 슬그머니 빠져나감을 느꼈다. 그녀의 얼굴에 어둡게 드리워진 슬픔의 원인을 알 수 있어 다행이다. 원인을 알지 못하면서 무작정 상대를 위로하는 일처럼 어리석은 것은 없거늘.

퇴직이라. 역시 고약한 불청객이다. 너 나이 들어 이제 쓸모없으니 나가라는 것이다. 젊음, 의욕, 열정, 좋은 것 모두 착취해놓고 늙었다고 내버리는 것이다. 고려장과 같은 맥락이다. 고려장은 산속에 버리지만, 퇴직은 무서운 사람들이 아우성치는 사회 속으로 냅다 던져버리는 것이다. 적응력도 길러주지 않고 알아서 하라고 다짜고짜 버리는 것이다. 그렇게 버려진 사람들은 결국 사람들과의 싸움에서 낙오되기 일쑤다. 자신이 쓸모없는 인간이란 무력감 때문에 많은 사람이 3년을 넘기지 못하고 저승사자를 붙잡던가. 무엇인가 다른 일을 하려다 덜컥 물려 가산을 탕진하던가? 선택은 이렇게 고약한 두 가지였다.

"많은 시간을 같이 보낸 모든 것들이 한꺼번에 빠져나가는 것을 대책 없이 바라보아야 하는 무력감을 나이라는 것은 아주 잔인하게 으깰 줄 알더군요."

나이라, 밤 기차에 청춘을 보내버리고 텅 빈 역사에 혼자 서있는 초로의 쓸쓸함은 강 씨도 이미 겪은 일이다. 그래도 개인사업을 한 자신은 이렇게 처량하게 쫓겨나지는 않았다. 체력과 경제적인 어려움에 한계를 느끼고 그나마 밥풀이라도 붙어있을 때 과감하게 던져버린 일이다. 적어도 타의에 의해 쫓겨난 것은 아니었다. 조직은 필요 없는 물건을 버릴 때는 조금도 망설이지 않았다. 그리고 자신의 가혹한 처사에 어떤 가책도 느끼지 않는다. 자본주의는 사람을 기계 이상 대우하지 않는다. 사용하다가 버릴 때가 되면 주저함이 없이 실행한다. 미련 따위는 전혀 없다. 머뭇거리는 인간을 오히려 비웃을 뿐, 재고의 여지가 없다.

찬 바람이 불자 강 씨는 이산 저산을 누비면서 시간을 보냈다. 일선에서 물러난 많은 사람이 산을 찾아 헤매는 것은 그래도 다행한 일이다. 혼자 올라가도 돌아올 때는 말벗이 생긴다. 가벼운 눈인사와 몇 마디의 말로 사람들은 오랜 친구인 양 다정해진다. 맑은 공기는 가슴속까지 후련하게 해준다. 산은 언제나 그 자리에서 묵묵히 사람들을 맞이했다. 그리고 차별하지 않고 모두 보듬어 안는다. 달려도 걸어도 아무 불평도 없다. 소리를 지르면 오히려 다정하게 응수한다. 계절마다 다른 옷 입고 우리를 즐겁게 해준다. 어느 때든 가리지 않고 반갑게 맞이해준다. 그리고 우리의 내부까지 말없이 소독해준다. 그래서 많은 사람이 열심히 산을 찾았다.

모르는 번호의 전화는 잘 받지 않는다. 어떻게 알아냈는지 하루에도 이상한 전화가 몇 번이나 온다. 대부분 모르는 은행에서 대출해준다는 전화고 가끔 정말 이상한 전화도 왔다. 서로 주고받은 번호는 이미 핸드폰에 저장되어 있다. 산속에서 잘 수신되지 않았는지 같은 번호가 벌써 다섯 번이다. 원인을 알 수 없게 왼쪽 귀가 잘 들리지 않아 불편하다. 전화를 받을 때는 약간 성가시다.

"저 기억나시는지?"

전혀 생소한 목소리다. 여자라서 우선은 반갑다. 누구인가? 누가, 아니 어떤 여자가 나에게 이렇게 어렵게 노크하는가? 아내가 죽은 뒤로 여자와의 만남은 거의 없다. 가끔 술집에서 혹은 식당 주인과 말은 서로 주고받지만, 전화번호를 준 기억은 없다. 멀리 미국에 있는 딸의 목소리는 아니다. 기억나지 않는 상대에 난감하다. 그렇다고 모른다는 대답을 하기엔 역시 미안하다.

"저 지난번에 식사한……"

"아! 네."

혹시 도움이 필요하면 전화하라고 지나가는 인사로 한 말이 생각난다. 그 자리에서 여자가 자신의 핸드폰으로 한번 통화를 했었다. 그리고 끝이다. 일주일 동안 한 번도 그녀를 생각한 적이 없다.

"심심하고 견디기 힘들어서요."

거의 죽어가는 목소리다. 귀찮은 일을 벌였다는 후회가 순간 지나간다.

"아 그래요. 지금은 산행 중이라서요. 시내로 들어가려면 한참이 걸릴 거에요."

"얼마쯤?"

"2시간 정도요."

"그럼 기다릴게요. 이 번호로 전화해 주셔요."

강 씨는 전화를 끊고 빠르게 산에서 내려왔다. 꼭대기부터 시작한 가을 단풍이 더 쉬다 가라고 뒤통수를 잡고 늘어진다. 조금 전의 귀찮은 마음이 자취를 감추고 이상한 기쁨이 뜨겁게 전신을 달군다.

가엽다는 느낌이 들었던 여자. 자신의 성에서 한 발짝도 밖으로 내딛지 못하고 안절부절못하던 여자. 생각하면 자신의 외로운 처지로 상대의 어려움에 민감한 반응 자체가 언감생심이지만. 어쨌든 여자다.

거울을 보았다. 키만 멀뚱하게 크고 주름투성이 얼굴이 볼썽사납다. 유난히 큰 키. 그래서 군대 시절에 기수를 했고 의장대를 했다. 언제나 일 번으로 처벌을 자청했던 혈기.

세계를 향한 꿈으로 외국으로 나가려고 해도 돈이 없어 감히 꿈을 실현하지 못한 강 씨는 국가의 힘을 빌려 베트남을 향해 날랐다. 부산항에서 배를 타고 며칠을 달려 도착한 곳은 열대지방으로 숨이 턱 막혔다. 그러나 제대로 싸워보지도 못하고 부상병이 되어 고국으로 돌아왔다. 파편이 박힌 다리는 지금도 비라도 올 양이면 따끔거린다.

그렇게 돌아왔으면서도 외국으로 나가겠다는 꿈을 버릴 수가 없어 다시 서독으로 날랐다. 에어프랑스를 타고 서독을 향했다. 광부 생활 5년 만에 귀국하여 다시 고국에 돌아왔다. 그리고 과감하게 이민을 결심하고 남미로 떠난 것이다.

불모의 나라 콜롬비아는 마약의 천국이었다. 그곳에서는 마약은 죄가 되지 않는다. 술처럼 그냥 즐기는 기호식품이다. 살아남기 위해 발버둥친 세월, 그러나 결국 몽둥이 하나만 남기고 모든 것을 앗아간 이민 생활. 이 나라 저 나라 오가며 실컷 여행은 했지만 남은 것은 늙은 몸뚱이 하나. 독일의 광부 생활보다 더 못한 현실. 마지막 남은 아파트를 정리해서 두 딸에게 약간의 돈을 주고 나머지는 외국 여행으로 탕진했다. 그리고 지금은 달랑 원룸 신세다. 절대로 지난 세월을 후회하지 않겠다는 다짐은 어디론가 가버렸고 슬금슬금 가슴 밑바닥에서부터 회한이 다가오기 시작했다. 참 옹졸한 정신 고통이다. 그리고 밀려오는 외로움은 또 얼마나 끔찍한 불청객인가? 아침에 눈을 뜸과 동시에 느끼는 외로움, 술을 마시고 땅거미 내릴 때 들어서는 현관문이 주는 쓸쓸함. 10평도 못 된 좁은 방은 기괴함까지 느끼게 해준다.

에어프랑스 전세기에 몸을 싣고 처음 하늘을 날랐을 때의 설렘은 잠시이고 희망 없는 광부 생활의 고달픔을 어찌 기억하겠는가? 독일 생활은 광부에겐 볼모에 지나지 않았고 외화를 벌어들이는 인간기계일 뿐이었다. 같은 분단국가이면서도 그들의 적대는 완전한 멸시였다. 다행히 체격에서 독일인에게 지지 않을 만큼이기에 그래도 어깨를 펴고 살았지만, 큰 키가 때때로 더 상대에게 가혹한 처벌을 유도하는 이유가 되기로 했다.

동양인에 대한 차별은 흑인과 거의 같았다. 어쩌다 들린 한국식당은 환대는커녕 오히려 바가지 씌우기 일쑤이고. 빈민가 양아치들은 벼룩의 간을 빼먹듯이 광부들의 돈을 도박으로 야금야금 갉아먹으려 들었다. 젊음 때문에 찾은 거리의 여자조차도 상대하기를 꺼린 서러운 시절들, 그래도 참고 살았다. 몇 푼의 돈을 얻기 위해서. 이름 대신 가슴에는 번호판이 붙었다. 죄수와 같은 생활이다.

죄수처럼 번호가 매겨졌고 그것으로 모든 것이 통했다. 월급의 70%는 무조건 달러로 조국으로 보내졌다. 가난한 조국을 위한 하나의 도구로 그들은 노동자일 뿐 그 이상도 이하도 아니었다. 가난한 조국에서 호구지책조차 어려웠기에 대학을 나온 사람들도 서슴없이 택한 길. 오히려 진짜 광부는 극소수. 뒷골목 깡패에 건달 부스러기, 퇴직 교사에 예비역 장교, 사업하다 망한 사람, 잘 나가는 기관에서 끗발 있던 비서. 이렇게 다양한 이력을 가진 사람들의 집합체인 그곳은 분열을 일으키기에 또 얼마나 적절한 집단인가? 모두 잘난 사람들은 모래알처럼 결합은 어렵지만, 자신들의 이익을 위한 행동에는 또 지나칠 정도로 적극적이다. 그리고 눈치를 보며 누군가를 음해하는 일에도 아주 적극적이다.

한국 광부들에 대한 핍박은 강도가 심해졌고 상대적으로 그들의 삶은 그대로 지옥이었다. 무엇을 만들려 해도 기술이 없고 기술자를 초청

하려면 상대국은 터무니없는 몸값을 달러로 요구하고. 그런데도 전쟁 중에 줄어든 인구는 기하학적으로 늘어나고. 공장이 없는 나라는 실업률만 증가하고. 무엇보다 외화 부족에 시달리고 있는 나라에 국경을 넘는 노동 이민은 최대의 탈출구였다. 2,800명의 지원자 중 367명의 선발자 명단은 신문 사회면에 고시 합격자처럼 이름이 올랐다. 그리고 그 속에 강 씨도 포함된 것이다.

기상은 예외 없이 새벽 6시, 컴컴하고 좁은 탈의실에서 작업복으로 갈아입고 옆에 붙은 목욕탕에서 어떤 물인지도 모를 물을 됫박 짜리 플라스틱 물통 두 개에 가득 넣은 다음, 승강기를 탄다. 지하로 한참 내려가다가 다시 걸어서 한참, 그리고 그곳에서 작업복마저 벗고 팬티 차림이 된다. 옆구리에 걸린 안전등은 생명과 긴밀한 관계가 있어 점검을 빈틈없이 해야 했다. 가스 방지 필터 점검까지 마치면 마지막으로 작업용 가죽장갑을 낀다. 손에는 두 개의 물통과 망치, 무릎에는 덮개를 씌워 묶고 15도 경사 길을 다시 아래로 한참 내려가야만 바로 막장에 들어서게 되는데, 그때는 이미 온몸은 땀에 젖었고 팬티에서는 땀이 물처럼 뚝뚝 떨어졌다. 가난한 조국보다 물론 임금은 후했지만 광부들은 완전 차별화된 사회적 부랑자였다. 이름은 간 곳 없고 번호로 관리되는 노동력으로만 존재한 시절, 그래도 그때는 젊고 꿈이 있었기에 살 수 있었던 시간이라 견딜 힘이 있었다. 미래에 대한 희망이 가까워서 달콤하게 손짓하고 있었다. 그러나 지금은 어떤가? 그 많던 기회는 소리 없이 다가와서 바람 따라 지나가 버렸고 희망은 어디에도 보이지 않는다.

기분이 언짢다. 적어도 남자를 만나러 오는 여자라면 화장은 기본일 진데 민얼굴에 푸석푸석한 모습이다. 무시당했다는 기분이 들자 강 씨는 심히 불편했다. 그렇다고 여전히 건드리기만 하면 눈물이 쏟아질 것 같은 여자에게 어떤 나무람도 표현할 수 없다. 참 우습다. 어이없다. 속상하다. 자신의 외로움만도 무거워 건사하기 힘든데 무슨 지랄 같은 일인가?

　한때는 무료한 시간을 메꾸느라 드라마나 영화 촬영 현장에서 엑스트라도 했다. 행인이 되기도 했고 시장에서 일과를 마치고 피로를 한 잔 술로 바꾸는 처량한 노동자. 때로는 쫓기는 자 등. 주로 인간이기를 바라지 않는 허술한 사람들이다. 몇 푼의 돈이 우선 다행이고 공짜로 술을 먹을 수 있어서 좋고. 주로 대접받지 못한 사람들이 단역으로 주어졌다. 감독이나 주연배우는 엑스트라를 사람 취급도 해주지 않지만, 그들은 하루의 식사를 해결하고자 사력을 다한다. 제일 힘들게 한 것은 인간 대접을 받지 못하는 것이 아니라 더운 여름에 솜옷을 입고 촬영해야 하는 사극이다. 옷뿐 아니라 무거운 칼, 그리고 각 두건이 주는 열기.

　가능한 얼굴 전면은 나오지 않는 장면들이다. 키가 크다는 것이 때로 도움이 많다. 그러나 어떨 때는 모가지만큼 잘라내고 싶을 때도 있지만 이미 생긴 몸을 사람은 줄이고 늘릴 기능이 없다. 그럭저럭 재미도 있고 하루살이치고는 긴장감도 있는 것이 엑스트라다. 주머니에 들어오는 돈도 어느 공사장보다 두툼하다.

여자를 이끌고 박물관에 갔다. 말없이 뒤에서 따라오는 여자에게 말을 시키지 않았다. 한쪽에서 불교화 전시회가 열렸다.

월남 참전이 그에게 준 혜택은 많다. 죽을 때까지 무료진단에 무료약. 평생 국철 무료이용권, 그리고 국립공원이나 국영박물관 무료관람권 등등. 목숨이 담보였으니 살아 돌아온 사람들에게 분에 넘친 호사다. 아내가 살아있다면 같이 누릴 호사건만. 강 씨는 이럴 때마다 아내가 생각났다.

카드를 들고 서성이는 여자를 제치고 입장표를 두 장 구했다.

가고 있는 사람, 떠나고 있는 사람들의 모습이 다양하게 표현된 그림들이 묵묵히 두 사람을 맞이한다.

관세음보살의 온화한 미소 아래 울고 있는 중생의 모습이 보이고, 지옥에 떨어진 중생을 구제한다는 지장보살의 고뇌에 찬 모습이 처연하게 웃고 있고, 천신의 우두머리는 역시 거만하게 웃고 있다. 약사불 아래 읊조리고 있는 인생의 다리 아랫소리가 들리는 듯하다.

표정 없이 따라오는 여자가 답답하다. 강 씨는 천천히 박물관 쪽으로 걸었다. 맘대로 하라는 몸짓이다.

그는 가끔 혼자도 이곳에 왔다. 구석기 시대서부터 현재까지의 변화가 단계적으로 전시되어있다. 올 때마다 그는 박물관에서 다른 것은 보지 않고 구석기 시대만 한참 보다 가곤 했다.

불을 사용하면서 재앙이 시작되었다는 이야기가 생각난다. 누가 만든 거짓인지 아무도 모른다. 그는 실소했다. 신화에서는 프로메테우스가 인간에게 불을 가져다주었다고 하지만 가만히 생각해보니 억지로 꾸며진 이야기가 너무 많다. 불은 화산으로 쏟아진 용암에 의해 인간에게 처음 알려진 것이 아니었을까?

단군신화도 우습고 모든 건국 신화가 신빙성이 없다.

말도 통하지 않는 이국땅에서 맨발로 세상과 대적하면서 느낀 진리에 대한 거부감. 명분 좋은 종교전쟁도 사실 종교와 왕권의 세력다툼일 뿐. 종교를 퍼뜨리기 위해 어떤 살생도 마다하지 않았던 사람들. 일단 세력을 키우기 위해 전쟁보다 가혹한 살상의 흔적 위에서 사랑이라는 허울 좋은 이름을 들먹이며 위선의 탈을 쓴 성직자들. 예수 탄생만 보더라도 얼마나 억지 이야기인가? 현대과학에서도 불가능한 일이 어떻게 그 시대에 이루어질 수 있었단 말인가? 너무나 황당한 수많은 거짓말. 점령국 로마로부터 이유 없이 핍박받던 이스라엘인들에게는 무엇인가 획기적인 구원이 필요하지 않았을지. 자기들의 돌파구를 마련하기 위해 무엇인가 음모가 필요한 사람들. 로마군의 말발굽 아래 맥없이 당한 여인의 원한을 그들은 어떻게든 풀어주고 싶었으리라. 눈앞에서 펼쳐지는 강간이라는 의식을 어떻게 승화시킬 것인가? 지배자의 특권이 돼버린 겁탈, 그 광경을 구경만 해야 했던 무력한 남자 요셉의 번뇌! 로마 병정의 씨는 마리아의 뱃속에서 염치없이 자랐을 것이고. 태어남은 있으나 그 외는 아무것도 없는 예수의 어린 시절. 어쩌면 예수의 잉태도 거짓인지 모른다. 로마인에 대한 반감을 유발하기 위한 조작된 역사? 자국의 여인을 보호하고 남자의 무능을 아량으로 미화시키기 위한 음모가 아니고 무엇이란 말인가? 우리나라만 보더라도 말뿐인 단일민족이다. 수많은 침략으로 이제 단일민족은 없다. 누가 순종이고 누가 혼종(混種)인지? 이제는 아무도 모른다. 쉬쉬하며 스스로 오욕의 역사를 부정할 뿐이다.

흙으로 빚어진 인간들이 조명을 받으며 자동으로 움직이고 있다. 간단한 지푸라기로 아랫도리를 가리고 동물의 뼈나 돌을 갈아 만든 농기구를 힘겹게 들고 의지 없이 흔들리는 모습. 하루 내내 쉬지도 못하고 잠도 못 자고 도대체 누구를 위해 고생이람.

강 씨는 빈 의자에 앉았다. 내가 왜 저 여자의 들러리가 되어있나? 생각할수록 화가 나지만 일단 동행이 된 이상 여자 혼자 버려두고 갈 수도 없어 강 씨는 감히 여자를 주시했다. 여자가 어린아이의 얼굴로 다가온다. 처음부터 우는 모습을 보아서인지 웃는 얼굴은 생각나지 않는다. 일주일만의 만남인데 여자는 오래 병을 앓는 사람처럼 초췌해진 모습이다.

담배를 꺼내 물었다. 끊어야겠다는 생각은 하루에도 수십 번을 하지만 아직도 피우고 있다. 그나마 혼자인 외로움을 달래준 유일한 친구이자 위로자인 때문이다. 정신에는 보약, 육체에는 사약이라는 이중성을 가진 담배. 어느 쪽이든 망가지면 끝나버리는 군상 중 하나인 자신.

"교직은 제게 천형이었답니다. 40여 년 동안 그곳에 몸을 담고 있으면서 한 번도 정말로 기뻤던 순간은 없었거든요. 어쩌다 부모의 권함에 밀려 그곳에 들어갔고 살아가는 수단으로서 교직은 필요하고도 충분한 조건이지요. 그래서 그럭저럭 지나온 세월입니다. 사명감 같은 것은 애초에 없었고요. 그러나 사람들 앞에서 성실하고 사명감 넘치고 자질 있는 교사 역할은 충분히 했답니다. 철저한 위선에 사람들에게 존경도 받았고요. 그러나 채워지지 못하는 빈 잔의 허기가 저를 떠나지 못했습니다. 그랬는데 막상 이렇게 밀려나니 견딜 수 없는 공허가 힘들게 하네요. 백수 첫날에도 버릇처럼 일찍 눈을 떴답니다. 실컷 늦잠이라도 자고 싶은데 오랜 습관은 저를 버려두지 않았어요. 아니 평소보다 한 시간 일찍 눈이 떠졌다면 누가 웃겠지요? 후련할 줄 알았던 마음은 거짓이었단 말인지. 너무 허전하고 가슴에 바람이 지나간 듯한 서늘함을 어떤 말로 표현할 수 있을지. 그래도 친구들이 위로하고자 더운 여름에 제부도까지 데려다주고 조개구이도 많이 먹었답니다. 정말 고맙고, 감사했지만 어쩐지 즐겁지 않은 나들이었고요. 지겨웠다던 푸념은 행복한 엄살인 양 히죽이 날마다 웃어요. 오랫동안 준비한 일인데도 날마다 허전해지는 것은 정말 어이없는 일이에요, 그런 고약한 마음이 지금까지 계속입니다. 그렇게 뒤뚱대다가 문득 생각이 나서 전화했어요. 당분간은 힘들 것 같아요. 사실은 참 지겨운 직장이었고 미련은 없는데, 시원할 줄만 알았는데, 후련할 줄 알았는데요. 새벽에 눈을 뜨는 순간 이상한 허전함이 힘들게 했어요. 사람들 말마따나 별 탈 없이 정년퇴직한 것은 보기 드문 행운이라는데. 그동안 하기 싫은 마음은 불필요한 엄살이었나 봐요. 정말 알 수 없는 것이 사람 마음이에요. 주체하기 힘든 허전함이 당분간 괴롭힐 것이에요. 새벽에 눈을 뜨면 느껴지는 허전함을 어떻게 표현할지? 새벽잠 잡아먹는 귀신이 달라붙은 모양이에요. 남들도 다 견디는 고통인데, 저라고 못 견딜 리 없지만, 많이 힘들어요. 이런 우라질 하고 스스로 달래지만. 몇 날을 준비한 일인데 새삼스레 이 무슨 망발인지 모르겠어요. 정말 하기 싫은 직장이었는데. 인생의 뒤안 길로 밀려난 것은 모든 사람이 겪은 일인 것을. 나 혼자만의 일인 양 화만 나구요."

박탈감이라! 강 씨는 여자를 조금 이해하기 시작했다. 주체하기 힘든 허전함이 얼마나 무서운 고통인지를 강 씨는 너무나 잘 안다. 그도 가끔 그랬다. 설핏 잠에서 깨나. 전신이 울렁거리는 묘한 기분. 자리를 털고 일어나 찬물을 한 바가지 들이마셔도 풀리지 않는 갈증, 어딘가로 뛰어가 누군가를 실컷 때려주고 싶은 강렬한 욕망. 그 불쾌한 기분을 어찌 말로 표현할 수 있단 말인가?

작고 그래서 가련한 느낌을 주는 여자. 문득 오랫동안 가까이하지 않아서 사그라든 줄 알았던 살송곳에 힘이 솟는 게 느껴진다. 아내가 죽은 뒤로 물론 그럴 기회도 없었지만 스스로 알아서 살송곳은 자기를 괴롭히지 않았다. 다행이라는 생각보다는 씁쓸하다는 생각이 먼저였지만 현실을 그대로 받아들였다. 그랬는데 오늘 느닷없이 통증 같은 것을 동반한 전류가 흐른 것이다.

여자의 손을 잡았다. 손안에서 여자의 작은 손이 오물오물한다. 그는 더는 다른 것을 생각하지 않고 여자를 끌고 걸었다. 어디로든 가야 했다. 여자는 어떤 저항도 하지 않고 강 씨를 따랐다.

아침 정해진 시간에 여자에게서 전화가 왔다.

"오늘 커피는 무엇으로 할까요?"

한결 밝아진 목소리다.

나이답지 않게 이쁜 몸을 갖고 있다고 느꼈다. 분명 60을 넘긴 몸인데 피부도 하얗고. 강 씨는 혼자 슬그머니 웃었다. 무슨 지랄 같은 짓인가? 새로운 인연을 만들다니. 있는 인연도 정리할 시기인데 어쩌자고? 무턱대고 하라는 대로 응해준 여자의 마음도 알 수 없다. 스스로 자신의 틀을 깨부수고자 하는 몸부림인지? 아니면 무기력한 현실에 대한 반항인지?

모든 것을 이제 천천히 지우기 시작해야 할 때다. 언제 닥칠지 모르는 인생의 끝자락, 내일 죽을지 모르지만 언제나 죽지 않는 시간을 위해 준비하고 계획해야 한다고 다짐하다가도, 흐르는 세월에 대한 절망은 강 씨도 어쩔 수 없는 벽이었다.

세월, 제발 갈 테면 혼자 갈 것이지 꼭 내 손 잡고 간다. 그러나 이제는 차라리 기꺼이 동행할 것이다. 그렇게 보름 정도, 그녀는 강 씨에게 아침 전화 커피를 배달했다. 커피 메뉴는 날마다 달라졌다. 처음 2~3일은 이러다가 그만두겠지 했는데 일주일이 지나고 열흘이 지나자 이젠 기다리게 되어버렸다. 그랬는데 오늘 아침은 문자다. 무엇인가 불길한 생각이 든다.

돈이 한창 자신에게 붙어있을 때 가는 곳마다 여자가 있었다. 그리고 뜨겁게 사랑을 하고, 사람이 끝나면 모든 것이 천천히 식어갔다. 지금 식어가고 있다. 이렇게 조금씩 아파져 오는 게 싫어서 인연을 만들지 않으려 했는데 이상하게 걸려든 것이다. 이렇게 문자가 오다가 어느 날 문자마저 끊어질 것이다. 야속한 세월만큼 인연도 야속하다. 시나브로 다가왔다가 나갈 때는 천둥과 번개보다 요란하게 떠나는 수많은 인연. 떠날 때는 말없이 떠나라고 늙은 가수가 여전히 열창하지만, 이놈의 인연은 떠나려면 더 아픈 고통을 만들어 준다.

어떤 호감도 없이 시작했지만 빈 항아리였던 자신에게 어느 날부터 기다림의 웃음을 만들어 주었던 인연인데. 그러나 서둘러 붙잡으려 손 내밀 수도 없다. 그 여자에 대해 아무것도 모르는 자신이다. 다만 바람이 있다면 천천히 떠나 주라는 것이다. 서서히 식어가기를 바랄 뿐이다. 격정이고 심술과 같은 호기였다.

내일 문자가 오지 않는다고 해도 난 조용히 현실에 순응하리다. 실로 비겁한 체념이지만 다른 방법이 없다. 한 번쯤 자기 생각을 말해볼 거나 하는 마음도 들었지만, 주책이라고 웃어버린다면 더 우스운 꼴이 될 것 같은 두려움. 강 씨는 문자를 삭제하면서 그 여자의 번호에서 잠깐 멈추었다. 그래, 그때 지워도 늦지 않아. 그 여자의 문자 인사가 끊어진 후 일주일쯤 지나 지운다고 누가 내 마음을 미련이라 꾸짖으랴. 아니 꾸짖으면 어떻고 늙은이 주책이라 비웃은들 어떠랴. 마지막 숨어있던 불씨가 타올랐거늘. 가스레인지 위의 주전자에서 물이 혼자 끓고 있다.

감꽃 목걸이

감꽃 목걸이

솟을대문을 열고 들어서면 감나무가 마당 한가운데에 턱 버티고 있다. 몇 년이 된 나무인지 아무도 모른다. 감나무 수명은 200년을 넘는다는데 무성함으로 가늠하면 그즈음인가 싶다. 나무는 안채 지붕보다 키가 크고, 잎이 무성하고, 가지도 사통팔달로 뻗어있다. 해마다 가지치기를 해도 뻗어나는 가지의 힘을 막지 못했다. 매년 주렁주렁 질릴 정도로 많이 열린 감, 그러나 떫은 감이기에 사람들이 즐겨 먹지 않는다. 전혀 인기 없는 감이다. 너무 떫은 감. 떨어지는 감꽃은 함박눈을 연상하지만, 가을까지 매달려있는 감도 헤아릴 수 없이 아주 많다. 떫은 감 특유의 맛에 사람들이 잘 먹지 않지만, 감나무는 죽을 줄 모르고 잘 자란다. 심심풀이 땅콩 정도의 소모품, 잠깐의 입놀림만 해주는 감이다. 어차피 떫은맛은 입 전체를 심하게 자극한다. 누구도 눈여겨 돌봐주지 않지만 해마다 무성하게 가지를 뻗는 것이 신기할 뿐이다. 잡초의 근성과 같다. 그리고 감나무 아래 두레박 우물이 돌계단 서너 개 위에 자리 잡고 있다. 일 년 내내 마르지 않는 우물이 나무의 자람을 도와주는 원동력인지 모른다. 우물의 물은 언제나 그만큼 출렁거린다. 감나무에 묶여있는 두레박줄은 언제나 이상도 이하도 아니고 매듭이 우물 난간에 닿아있다. 아무리 퍼내도 흔들림이 언제나 같다. 남쪽을 향해 자리 잡은 본채도 제법 그럴싸하다. 언뜻 둘러봐도 제법 넉넉한 느낌이다. 시골 집치고는 완벽하게 웅장한 모습이다. 섬돌이며 기둥 하나하나가 집주인의 깐깐함을 대변해주고 있다. 마당에서 올려다보면 부엌을 가운데로 왼쪽에 큰 방이 있고 마루가 있고 작은 방이 보인다. 그리고 오른쪽으로 또 방이 하나 있다. 왼쪽은 마루가 뒤까지 삥 둘러있지만, 오른쪽은 그렇지 않다. 오른쪽 마당에 넓게 자리 잡은 장독대는 크고 작은 항아리들이 저마다 무엇인가를 가득 안고 굳게 입을 다물고 있다. 뒤뜰로 돌아가면 문이 언제나 닫혀있는 작은 방 하나가 뒷담 너머 산을 보고 언제나 눈물을 흘리고 있다.

흙담 너머로 보이는 낮은 산은 여러 가지 과일나무가 저마다 자태를 뽐내고 있다. 산들은 진한 녹색을 띠며 여름과 힘겨루기를 하고 있다. 계절은 예정된 손님처럼 잊지 않고 언제나 잘 찾아온다. 조금 지나면 이제 산은 가을을 맞아 잎들을 떨어뜨리고 겨울 준비를 서두를 것이다. 여름내 무성했던 앞뒤 산들도 서둘러 갈색으로 옷을 갈아입을 것이다. 멀리 왼쪽으로 까치 주둥아리 모양의 바위가 보인다. 동네는 요새처럼 산속에 자리 잡고 있다. 보기에도 가파른 앞산 곳곳에 산나리꽃이 피어있다. 언뜻 보면 너무 평화로운 마을풍경이다. 높지 않지만 10여 호 가구를 산들이 보호해주는 모습이다. 자작일촌. 모두가 친척인 동네. 읍내 갈라치면 한참을 산을 품고 걸어야 하는 오지다. 공기 좋고 물 맑은 것 빼면 여러 가지 불편한 곳이다. 마을 길을 끼고 흐르는 도랑물도 양은 다소 변할지라도 삼백육십오일 마르지 않는다. 돌 사이로 가제가 움직이는 모습도 보인다.

사람들이 오래 살지만, 웬일인지 나중에는 정신을 놓은 상태가 되어 뒷방에서 쓸쓸히 생을 마감했다. 온갖 어린애 같은 짓을 반복하다가 사람들로부터 외면당한 상태로 몇 년을 살다가 죽었다. 그 방은 몇 년쯤 인적이 끊긴 상태로 방치되었다가. 한 대가 끝날 무렵이면 사람을 맞이하곤 한다. 그러나 방은 언제나 깨끗한 상태가 유지되었다. 사람이 없으면 더 깨끗해지는 방이다. 마당에서 집으로 들어가려면 돌계단을 서너 개 올라야 한다. 마당도 넓다. 헛간에는 일 년 내 소 울음이 들리고 바로 옆 돼지우리도 시끌벅적하다. 닭장에는 닭들이 언제나 소리를 지르는 풍경이다. 날씨가 더워 힘들지만, 닭들은 여전히 부지런히 마당을 돌아다니며 무엇인가를 주워 먹으며 부산스럽게 움직인다. 앞으로 몇 계단 내려가며 작은 집이 한 채 자리를 잡고 있다. 방 하나 그리고 부엌과 마루도 하나뿐이다. 위채에 비하면 초라하기 그지없다. 그러나 마당은 풀 한 포기 없이 깨끗하다. 모든 것이 완전 정돈 상태다. 못에 걸려 흔들거리는 대바구니랑 소쿠리. 마루 밑에서 여름을 즐기고 있는 덕석 등. 풀 한 포기 없는 시골마당. 너무 깨끗해서 외로움이 느껴지는 정돈된 상태.

어려서 천연두를 앓아 얼굴에 서너 개 곰보 자국이 있는 임 씨는 일어나자마자 밖으로 나왔다. 자신의 조상이 전생에 죄를 많이 지은 것 같다. 아니 무엇을 얼마나 잘못했기에 이렇게 고스란히 자신이 그 업보에 시달리는가? 아버지는 남자 형제가 세 명이고 자기는 다섯이나 된다. 그런데 어쩐 일인지 마음씨 고와 나무랄 데 없는 군서댁에게 손이 없다. 차마 내칠 수 없을 만큼 선한 여자다. 그래서 고심 끝에 들인 둘째 첩은 딸 하나를 낳고 밤에 친척 청년과 눈이 맞아 도망을 가버렸다. 처음부터 바람기 많은 여자라고 모두 수군거리고 임 씨를 위로해주지만, 배신감과 황당함을 어찌 말로 표현하랴마는 묵묵히 현실을 받아들였다. 애초에 정이라고는 없이 시작한 여인이기에 조금 창피했을 뿐이다. 세 번째 여자는 그런대로 심성은 좋은데 딸만 셋을 낳아 친정으로 보냈는데 가다가 저수지에 빠져 죽어버렸다. 물에 팅팅 부은 모습을 보면서 임 씨는 자신의 박복함을 한탄했다. 어른들의 반대를 설득해서 선산 귀퉁이에 여자를 묻었다.

도대체 아들이란 것이 무엇인가? 어미를 잃은 자식들은 시름시름 앓다가 죽었다. 방치된 아이들은 작은 병에도 견디지 못했다. 어머니의 사랑이 없는 아이들은 병에 대한 면역이 없는 것 같다. 군서댁이 남은 딸 하나를 곱게 키워줬다. 하지만 장손으로서 대를 이어야 하는 어른들 성화에 논 세 마지기를 주고 다시 젊은 여자(처녀)를 데려왔다. 다행히 아들 둘을 낳아주었는데 사납기 말할 수 없다. 처음부터 양해를 구했는데 오늘 아침도 저쪽으로 돌아누우며 앙탈이다. 밤늦게 들어와서 잠깐 살을 섞은 다음 등 돌리고 밤을 지내고 아침만 되면 아래채를 향해 황망히 나가는 임 씨가 못마땅한 것이다. 군서댁이 만든 식사에 참여하기 위해서다. 처음부터 그리하기로 약속된 일이다. 두 여자에게 못 할 일임을 알지만 군서댁은 임 씨의 첫정이고 사랑이다. 그리고 새로 맞은 여자는 그저 씨받이일 뿐이다. 군서댁도 얼굴도 보지 않고 맺은 인연이지만 첫정이다. 신이 어찌 이리 야속한지? 군서댁의 착한 마음이 임 씨에겐 목에 가시다. 차라리 앙탈이라도 하기를 바라는 마음인데, 다소곳한 순종과 인내가 더 가슴 아프다.

눈먼 딸이라도 하나 낳기를 그렇게 열망했는데 하느님이 자신을 외면했다. 밤이면 첩이 낳아 버리고 간 딸을 안고 새벽을 기다린다. 아무리 마음이 너그럽고 자신에 결함이 있어도 견디기 힘든 나날이다. 그러나 불평을 밖으로 나타낼 수 없는 처지라 언제나 슬픔이 바위처럼 가슴을 짓눌렀다. 씨앗을 보면 부처도 돌아눕는다는 말이 무엇 때문에 생겼겠는가마는 군서댁은 묵묵히 현실을 인내로 소화했다. 소박당하지 않는 것만도 고맙다는 마음이다. 전생에 무슨 죄를 지어 이런 일을 겪게 하는지 모르지만. 그래도 본처라는 자리와 남편의 한결같은 그늘이 얼마나 고마운 일인가? 남편을 위한 밥상만도 감지덕지할 판에 마음조차. 그리고 집안 어른들의 신뢰와 사랑까지 받고 사니 더 이상의 부귀영화는 엄두도 낼 수 없었다. 그러나 가슴 한편에서 요동치는 외로움은 누구도 어찌할 수 없는 고통이다. 그리고 좋은 시절 남편의 따스한 애무 속에 느낀 운우지정의 맛도 그녀에겐 이제 아픔이다. 어찌 모른 체하지만, 가슴속 응어리조차 없으랴.

남편은 새장가를 들 때마다. 죄를 지은 사람처럼 군서댁의 가슴에서 슬픔을 토했다. 생산하지 못하는 것이 자신의 결함이라는 것은 둘째 마누라가 연거푸 생산해서 변명의 여지가 없다. 그래도 마음이 여린 여자들이 들어와서 다행이었는데 지금의 작은댁은 도저히 다스릴 수 없는 맹수다. 처녀의 몸으로 팔려 온 신세가 가엾지만, 그녀의 횡포는 군서댁을 늘 우울하게 한다. 더구나 자기가 고른 친구의 딸이다. 가난한데 유난히 자식들을 많이 낳은 친구. 사람으로 욕심부리면 안 되는 줄 알지만, 감히 원했던 여자. 다른 여자들은 동이 트자마자 임 씨를 군서댁에게 보내는데 이번은 그렇지 않다. 아마 새벽에 일부러 임 씨의 삶을 건드는 모양이다. 어느 남자치고 삶을 제대로 다스린 남자는 없다. 앞산에서 산새의 울음이 들린다. 군서댁은 가슴을 뜯으며 언제나 아침을 맞았다.

군서댁의 유일한 행복은 남편의 밥을 제공하는 것이다. 텃밭에서 이것저것 푸성귀를 뜯어서 싱싱한 채소를 언제나 식탁에 올려놓았다. 아침이면 말끔히 세수하고 오는 남편의 모습이 언제나 진이 빠진 상태다. 남녀의 정을 알고 있는 군서댁으로서 힘든 만남이지만 내색하지 않았다. 감히 남편의 삶을 느끼는 것조차 죄스럽다. 상을 물리치면 정신없이 잠에 빠져드는 남편의 모습이 안쓰럽다. 더구나 60을 바라보는 남편에 비해 지금의 여자는 30초 반이다. 보통 상식으로도 남편에게 버거운 상대다. 아무리 정성 들여 음식으로 구완해도 남편을 언제나 초주검 상태다. 힘들지만 너무 좋은 것. 그래서 죽을 줄 알면서도 뛰어드는 성희. 군서댁은 남편의 잠이 확인되자 조용히 마당으로 나왔다. 마당에서 이리저리 돌아다니는 닭에게 먹이를 주기 위해서다. 하루가 이렇게 서럽게 시작했다.

"형님!"

보란 듯이 헤실거리며 돌계단을 내려오는 명자. 펑퍼짐한 엉덩이를 요란하게 흔들어 댄다. 군서댁은 잠시 현기증을 일으켰다. 철저하게 자신을 감시하는 행동이 못마땅하지만 군서댁은 참았다. 따지고 보면 자기도 불쌍하지만 같은 여자로서 측은함이 많다. 가난하다는 것만으로 아버지 같은 남자의 첩으로 들어오는 여자의 마음이 오죽하겠느냐 하는 측은지심 때문이다. 두 여자는 밭으로 나왔다. 편평한 밭에서 참외가 굴러다닌다. 여름만 되면 참외밭이 여자들을 힘들게 한다. 풀이 너무 무성하게 자란 밭은 여자들의 힘을 필요로 한다. 잠자리 떼가 날아다닌다. 여름이 가고 있다. 고추 몇 개가 빨갛게 익은 채 매달려있다. 시냇가에서 물장구치는 아이들의 모습이 보인다. 가재 잡은 아이들, 그리고 목욕하며 떠드는 아이들. 참외 한 개를 돌에 찍어 나누어 먹었다. 명자의 엉덩이가 유난히 펑퍼짐하다. 문득 눈시울이 뜨거워졌다. 아랫도리에 알 수 없는 통증을 느꼈다. 부질없는 생각에 고개를 저었다. 무시할 수 없는 갈증이다. 입에 씹히는 참외가 소태맛이다. 남편이 자신을 찾을 때는 명자의 배가 불러왔을 때이다. 그러나 남편은 언제나 파김치 되어 옆에서 쓰러졌다. 자신을 더듬는 일은 거의 없지만 어찌 남녀의 오묘한 맛을 모르랴. 들어서 알고, 겪어서 아는 진리인 것을. 누가 가르쳐 준 것은 아니지만 어느 때부터 저리는 가슴의 통증. 전신에 출렁이는 이상한 전율. 호미를 쥔 군서댁의 손에 힘을 가해졌다. 여기저기 굴러다니는 참외가 먹음직스럽다. 남편이 즐겨 먹는 음식이다. 언제였던가? 남편과 참외를 깎아 먹으며 웃었던 것이. 명자를 보고 있으면 이유 없는 통증이 생겼다.

"너 팔자가 남의 첩이나 할 팔자라는데 기왕이면 본처가 착해야지. 그렇지 않으면 서로를 미워하다가 같이 죽을 게다."

명자는 어머니의 말을 가만히 들었다. 날마다 입에 풀칠하기도 버거운 살림이다. 줄줄이 동생이 여섯이나 된다. 할 일 없이 아이들만 낳은 모양이다. 맏이라는 게 이런 것인가? 명자는 혼자 하늘을 보고 생각했다. 어차피 이렇게 찢어지게 가난한 집에 장가 올 남자는 없을 것이다. 평생 논 한 마지기라도 갖고 싶다 하시는 부모님을 위해 맏이인 내가 할 일을 무엇인가? 매파가 두세 번 왔다 갔다. 명자는 처음에는 자식이 딸린 홀아비라 생각했다. 남의 자식 키우는 것이 힘들다는 것은 풍월로 안다. 내 자식 먹이기도 어려운 살림이라면 남의 자식은 더욱 그럴 것이다. 누렇게 뜬 아버지와 동생들, 은근히 밀어내는 어머니의 축축한 눈빛. 명자가 그러마 대답하기도 전에 아버지가 땅문서를 내밀며 좋아했다.

마당에서 군서댁을 보았다. 언뜻 보아도 착한 모습이다. 어머니 또래다. 아니 어머니와 친구란다. 시집오기 전 같은 동네에서 자랐단다. 본처가 착해야 한다고 지독히 선심을 쓰는 듯한 어머니의 말투가 싫지만 이제 선택의 여지가 없다. 길일을 잡아 다시 오겠다고 가는 군서댁의 뒷모습을 보았다. 문득 가엾다는 생각이 든다. 여자로서 참 못 할 짓인데 저렇게 몸소 실천하려 드는 것으로 보아 정말로 좋은 사람이라는 생각이 든다. 마음 내키지 않는 일이지만 배고픔보다는 나을 것이라는 생각에 떠밀렸다.

그녀는 동네 상엿집에서 언제나 끈끈한 눈빛을 보낸 이웃집 총각에게 몸을 허락했다. 만약 내가 정상적으로 결혼한다면 그 사람이기를 바란 사람이다. 어디서 굴러온 지 모르지만, 이목구비가 뚜렷한 남자. 자기처럼 촌티에 구정물이 언제나 흐르지 않는 남자. 그 남자가 어느 날부터 자신을 향해 질척거리기 시작했다. 결코 싫지 않은 눈빛, 아니 가슴 설레게 한 사람. 명자는 결국 스스로 남자를 상엿집으로 불러들여 옷고름을 풀었다. 남자가 숨 가쁘게 달려들자 명자는 스스로 암컷이 되었다. 그런데 정말 그녀를 가슴 아프게 한 것은 며칠 후 남자가 마을을 떠나버린 것이다. 한두 번 정도는 더 남자와 정사를 나누고 싶은 마음에 며칠을 설렜는데. 밭에서 돌아오는 길목 마을 정자에서 사람들이 하는 이야기를 들었다. 참 실없는 청년이라는 핀잔. 가슴속에 휑하고 찬바람이 지나갔다. 이를 악물었다.

첫딸을 낳았다. 시어머니도 시아버지도 노골적으로 언짢은 얼굴을 하셨다. 명자는 딸을 바라볼 때마다 짧게 한숨을 쉬었다. 그 남자를 닮은 딸. 확신은 없지만 어쩐지 그 사람의 아이일 것 같은 소망. 다만 소망이었다. 둘째까지 딸이었지만 다행히 아들을 연거푸 낳았다. 세상에 대해 어깨를 펴면서 명자는 엉뚱한 생각을 하기 시작했다. 말 타면 종 부리고 싶다는 옛말이 그른 것이 하나도 없다. 아이들은 당연히 군서 댁 앞으로 호적이 정리되었다. 아들의 힘이 이렇게 대단한 것인 줄을 몰랐다.

무뚝뚝한 남편의 눈빛에 정이 묻어 나왔다. 아들을 보는 뜨뜻한 눈빛이 가끔 자신에게도 머물렀다. 배고픔으로의 해방이 아닌 욕심이 생기기 시작했다. 군서댁의 한결같은 배려도 이제는 역겹다. 남편이라기보다는 아버지라는 게 더 어울린다. 애초에 씨받이로 들어선 대문이지만 넉넉한 살림은 명자를 변화시켰다. 그리고 제일 힘 든 것은 아침이면 황망히 자신의 곁을 떠나는 남편이다. 처음부터 그리되게 약속했다. 억척으로 일을 해서 피곤한 몸 위에서 남편은 언제나 혼자였다. 그때뿐이다. 남편과의 시간은 오직 밤뿐이다. 동만 트면 도망치듯 나가버리는 남편을 붙들 방법을 알기까지 무려 칠 년이 걸렸다. 어떤 날은 명자는 잠이든 상태에서 남편을 맞이하기도 했다. 천만다행으로 아들을 둘 낳았다. 세상이 자신을 향해 손짓한다고 생각했다. 그러나 남편은 아니다. 낮에는 눈길도 주지 않는다. 서러운 마음에 악이 받쳤다. 그러나 군서댁을 상대할 수는 없다. 언제나 한결같이 자기를 돌보아주기 때문이다. 처음 몸을 풀었을 때도 딸이었지만 오히려 군서댁은 위로해주었다.

"다음엔 아들을 낳을 것이야. 그러니 걱정하지 말게나."

명자의 산후를 돌보면서 훌쩍거릴 때마다 친정어머니처럼 대해주던 군서댁이다. 그런 군서댁을 상대로 어떤 트집을 잡는다면 자기만 더 우스운 꼴이 된다. 그래서 생각한 것이 남편을 잡는 것이다. 그리고 시부모님에 대한 불종이다. 아들의 힘이 크다는 것을 알았다. 손자를 애지중지하는 것을 보며 명자는 자신의 아이를 볼모로 거역을 시작했다. 새벽이면 일부러 남편의 살을 건드렸다. 기진맥진한 상태에서도 남편은 자신은 떨치고 나가지 못했다. 군서댁의 기다림이 마음은 아프지만, 자신을 지키기 위해 어쩔 수 없다고 생각했다. 집안에 무서운 사람이 없다. 그야말로 안하무인이 된 것이다. 시부모도 거역했다. 좋은 음식은 혼자 부엌에서 먹었다. 내가 튼튼해야 이 집안이 망하지 않을 거란 엉뚱한 자만이 생긴 것이다.

두려운 자만이고 서글픈 방어다. 남편을 부추겨 군서댁을 내치고 싶은데 아무리 아들을 낳아주어도 남편은 그 문제에는 요지부동이다. 친정어머니도 그것만은 절대 안 된다고 으름장이다. 해마다 친정으로 재산을 빼돌렸다. 어쩌다 가노라면 동생들도 모두 혈색이 좋다. 누님의 덕이라고 칭찬을 하면서 더 이상을 은근히 강요한다. 명자는 속상해 죽을 지경인데 가난한 친정 살붙이들은 호강하며 그 이상의 무엇을 기대한다. 가난 때문에 딸을 팔아먹은 후안무치이건만 미안한 기색은 하나도 없다. 나는 무엇인가? 가난한 부모를 둔 죄를 왜 내 몸으로 받아야 하는가? 부모를 선택할 권리는 없는데. 부모의 가난을 대물림할 의무도 없는데. 불평이 밥알 속의 돌처럼 까슬까슬한가. 그러나 모든 것은 이미 자기 생각을 비껴갔다.

얼떨결에 효녀로 둔갑한 자신. 심청이는 죽음으로 아버지의 눈을 고치고자 했단다. 그런데 너는 살아 호강을 하니 더 바랄 게 무어냐는 어머니의 억지가 우습다. 그러나 쓸쓸한 어머니의 표정도 언제나 가슴을 후려쳤다. 도대체 어느 것이 진짜 효이고 삶의 도리인지, 명자로선 알 수가 없다. 어디를 가도 마음이 편하지 않은 세상이다. 시집도 친정도.

초가지붕은 해마다 새로 갈아 얹어야 하므로 일이 너무 많다. 나라님이 바뀌면서 새마을운동이라는 것이 생기고 그럴싸한 집은 기와로 지붕을 바꾼다. 그래도 마을에서 부자에 속하는 임 씨도 오랜 숙고 끝에 지붕을 바꾸기로 했다. 노쇠한 부모님에 대한 명자의 불손을 탓하지 못한 대신 부모님에게 지붕이라도 보란 듯이 바꿔드리고 싶은 것이다.

군서댁의 가벼운 걸음걸이에 비해 명자의 몸은 천근처럼 둔하다. 밉살스러운 것으로 보면 한 대 갈기고 싶은데 자라는 아이들 보기 민망해서 참지만 정말 울화가 치민다. 더구나 명자는 또 홀몸이 아니다. 정말 씨받이로선 안성맞춤이다. 아들이 뭐기에? 아니 자식이 뭐기에? 큰딸에 대한 불신도 아들을 낳아준 것으로 사했다. 열 달을 다 채우지 못한 딸. 팔삭둥이라 생각했다. 조용히 사람을 붙여 명자를 조사했고 상엿집 이야기를 들었다. 처녀장가라는 말이 거짓임이 드러났지만 자신의 처지로 탓할 수 없는 현실이다.

인부 두 사람이 점심을 먹기 위해 사다리를 타고 내려왔다. 왁자지껄 떠드는 소리에 사람들은 어린아이의 작은 몸놀림에 누구도 신경을 쓰지 않았다. 감나무에는 아직도 감이 많이 열려있다. 바쁘다 보니 가끔 감은 혼자 떨어지기를 기다리다가 그대로 겨울을 나기도 한다. 군서댁은 인부들을 위해 부엌과 마당을 왔다 갔다 하고 그런 군서댁의 넓은 오지랖을 모두 숭앙한다. 명자는 두레박으로 물을 느리게 품어 올린다. 어쩐 일인지 자꾸 아기가 생기는 것도 귀찮다. 아기가 생기면 임 씨는 아기를 핑계로 밤에도 곁에 오지 않는다. 유일한 연결통로가 육체인데 그 길이 막힘이 좋을 리 없다. 동네 사람 누구도 명자를 사람대접하지 않는다. 그렇다고 대놓고 무시할 수도 없는 처지라 눈치만 볼 뿐이고, 명자가 보이지 않는 곳에서 모두 흉을 보았다. 군서댁의 어진 마음이 명자에게는 독이 된 것이다.

인부들이 점심을 먹고 약간의 휴식을 즐기는지 조용하다. 군서댁은 부지런히 인부들 먹이려는 음식 준비하느라 바쁘지만, 명자는 방에서 늘어지게 낮잠 중이다. 임 씨는 눈살을 찌푸렸으나 더는 어떻게 할 수 없는 명자에 대해 무관심이다. 잘못 건드리면 소리 빽빽대며 달려드는 여자와의 싸움은 남자가 먼저 항복하기 마련이다. 더구나 대를 이을 아이들의 어머니다. 이제 명자는 임 씨로서 어찌할 수 없는 상대다. 뒤틀리면 죽으라고 게거품 뿜으며 달려드는 명자다. 핏발 선 눈에서 맹수의 사나움만 보였다. 생각 같아서는 내치고 싶지만, 이유 없이 버릴 수도 없다. 그런대로 자신에게 작은 기쁨을 만들어준 여자다. 아이들의 어머니라는 것만으로 명자는 그에게 바위보다 무거운 짐이다.

감나무 아래서 떨어진 땡감을 줍던 아이가 뒤꼍으로 달려간다. 아마 떫은 감을 넣어두는 항아리를 찾으러 가는 모양이다. 초가을 감이 떨어지기 시작하면 아이는 언제나 감을 주워 된장을 푼 항아리에 넣어 두었다가 떫은맛이 없어지면 몰래 내다 먹었다. 사람들은 아무도 아이에게 관심을 두지 않았다. 이상하고 음산한 고요가 마당에 감돌았다.

와르르. 지붕 위에서 기와가 뒤쪽을 향해 떨어지는 소리가 요란하다.

이어 자지러지는 아이의 우는소리가 모든 사람의 고요를 흔들었다. 그리고 다시 침묵이 흐른다. 사람들이 뒤쪽으로 달려갔다. 군서댁도 황급히 앞치마에 물기를 닦았다. 지난밤 꿈이 생각났다. 아니 무슨 꿈인지 모르는데 밤새 시달렸다. 임 씨가 오지 않은 것으로 억지로 흉몽을 해석하고 일에만 열중했다. 한데 가슴이 쿵 하고 내려앉는 이 불길함이 무섭다.

열 장이 넘는 기와가 고스란히 아이의 몸을 덮고 있다. 아이는 머리가 완전히 깨진 상태로 그대로 죽었다. 명자의 찢어지는 통곡도 아이를 깨우지 못한다. 군사댁은 머리에 두른 수건을 풀어 아이의 시신을 덮었다. 어떻게 이런 일이.

사람들은 아이의 시체와 명자를 번갈아 본다. 무슨 개지랄인가 하면서도 명자는 속이 편치 않다. 사람들이 자신을 벌레 취급하는 것을 모를 리 없다. 그러나 무시했다. 너희가 내 속을 아느냐. 이 서러운 속을, 이 비참한 속을. 그녀의 유일한 기쁨이었던 아이.

내 죄를 왜 네가 이런 모습으로 받는단 말이냐. 내 딸, 내 아가. 서러운 엄마를 더 서럽게 하겠다는 심보가 아니고는 어찌 이런 일이 일어날 수 있다는 말이냐. 명자는 땅을 치고 울었다. 비록 하룻밤 꿈에 지나지 않지만, 그리고 처참하게 버림받았지만 유일한 그녀만의 아름다운 꿈의 소산, 밤이면 도둑고양이처럼 들어와서 피곤한 배 위에서 혼자 지랄하다 나가떨어졌다. 새벽만 되면 찬바람 쌩 내고 나가는 남자를 붙잡고 사는 내 설움. 이런 내게 너는 오로지 하나의 웃음 덩어리인 것을. 그래서 내가 얼마나 너를 사랑한 지를. 그랬는데 이렇게 처참한 모습으로 나를 떠나다니. 여자로 태어나서 제대로 족두리도 못 쓰고 자식만 올릴 뿐 남편의 호적에도 오르지 못하는 서러움을 삭여주던 너였거늘.

명자는 차마 아이의 모습을 보지 못했다. 아니, 볼 수 없었다. 아이는 인부들에 의해 대문을 나갔다. 장독대 빈 항아리 두 개가 아이를 따라나갔다. 말없이 뒤따른 군서댁이다. 사람들은 군서댁의 조용한 동행을 허락한 듯하다. 생모가 아니어서 누릴 수 있는 특권이다. 그래 당신의 삶이 서러우면 그곳에 가서라도 울음 쏟으며 아픔 달래라는. 세상에 못할 짓이 그 짓이거늘. 부처님도 돌아앉는다는 일을. 하물며 군서댁은 사람이거늘. 그것도 벌써 몇 번째인가?

군서댁은 자신의 수의를 만들고자 준비한 천을 가지고 아이의 몸을 감쌌다. 자신의 가슴에서 파들거리며 기쁨을 안겨준 아이다. 젖을 떼면서부터 계속 안고 자던 아이다. 명자의 아이가 아니라 남편의 아이이다. 얼굴은 이미 알아볼 수 없지만 꼼지락거리던 작은 손이 굳은 상태고 피범벅인 모습. 정이라도 뗄 양으로 피비린내가 역겹다. 차라리 날 데려가시지. 이 모진 목숨, 스스로 끊지도 못하고 사는 세상. 차라리 날 데려가시지. 군서댁은 꾸역꾸역 눈물을 삼켰다. 행여 배고픈 들짐승 먹이가 될까 봐 항아리 두 개를 맞물려서 새끼로 꽁꽁 묶었다. 모든 일을 군서댁이 손수 했다. 인부들이 땅을 팠다. 봉도 만들지 않았다.

"아주머니 내려갑시다."

"잠시만요."

군서댁은 나중에 혹 찾아올 때를 생각해 표시라도 할 양으로 주위를 둘러보았다.

"그냥 내려갑시다."

인부들이 재차 재촉한다. 그들도 안다. 군서 댁의 울음 처지 장소가 된 것을. 양지바른 곳이어서 우선 좋다. 곧 겨울이 올 텐데.

넋이 나가버린 명자를 누구도 탓하지 않았다. 지붕은 계획대로 기와로 바뀌었고 감나무에는 연시가 많이 달려있다. 명자의 울음은 그 해 겨울 동안 질리게 계속되었다.

군서댁은 종일 죽은 아이 생각을 했다. 아이를 키우면서 생겼던 여러 가지 일들이 생각난다. 우는 아이를 업고 방죽에서 빨래하다가 엎드려 빨래를 헹구려는데 아이가 거꾸로 방죽에 빠져 놀랐던 일도 이제 추억이다. 자지러지게 우는 아이를 업고 다독거렸던 일. 펄펄 끓는 아이를 안고 밤을 새웠던 일, 아이의 오물을 치우면서 즐거웠던 일 등등.

넓은 집은 두 여자 몫이 되었다. 세월 따라 어른들은 북망산천으로 모두 떠났다. 사랑도 미움도 주지 않던 시어머니. 마지막 가면서 명자에게 군서댁의 거친 손을 꼭 쥐여주고 떠났다. 눈물 글썽이면서. 그 의미를 두 여자는 각기 다르게 생각했다. 군서댁은 덴 소처럼 분별없는 명자를 어머니처럼 보살펴달라는 뜻을. 명자는 핏줄 없는 군서댁의 노년을 외롭게 하지 말라는 배려. 어찌 되었든 간에 두 사람의 관계는 끊을 수 없는 것임을 명시한 몸짓이기도 했다. 머릿속에서 수없이 떠돌아다니는 많은 생각들이 두 여자를 이어주고 있다. 다 자란 아이들은 살길을 찾아 도시로 떠났다. 커다란 집은 댕그렇게 뼈대만 남아 앙상하다.

군서댁도 명자도 서로에게 애증은 이미 없어진 지 오래다. 사실 따지고 보면 이 이상의 악연이 어디 있으랴. 명자가 낳은 아이를 키우면서 군서댁은 삶의 기쁨을 알았다. 세상은 아무도 명자를 탓하지 않았다. 다만 뒤에서 수군거릴 뿐이다. 세상은 아이를 낳을 수 없는 그녀에게 공보다 둥근 마음을 주었다. 부처님도 돌아앉는다는 씨앗을 하나도 아니고 여럿을 지켜보는 동안, 시커멓게 타들어 가는 심장을 스스로 다스릴 수 있는 능력도 같이 주신 것이다. 고맙고 다행스러운 은혜였다. 어느새 머리는 찔레꽃이 범벅이다. 차라리 네가 딸이었으면 얼마나 좋으랴. 모녀, 얼마나 아름다운 엮임인가? 그것이 불가하다면 과부가 된 몰락한 가정의 고부간도 이렇게 나쁘지는 않을 것인데. 하고많은 좋은 인연 두고 처첩으로 만나다니. 그러나 악연도 인연이라면 그 운명을 어떻게 피해가랴. 어쩌면 악연이 더 끈질긴 인연일지 모른다. 부부라는 것 미운 정 고운 정이라 함이 그 이유가 아니랴. 군서댁에 대한 명자의 증오는 욕심이지만, 명자에 대한 군서댁의 마음은 연민이다.

외지로 나간 아이들은 두 여자의 생일에는 그래도 꼭 찾아들었다. 아이들은 어쩐 일인지 어머니인 명자보다 군서댁을 따랐다. 젖만 떼면 아이들은 언제나 군서댁 몫이었다. 아이들은 생모의 밉살스러운 정보다 언제나 포근한 군서댁의 가슴팍을 파고들었다.

형님 알려주세요. 그 아이 묻은 곳. 군서댁은 명자를 앞세워 아이를 묻은 곳으로 왔다. 정신을 놓았다 잡았다 하면서도 한결같이 아이가 있는 곳을 알려달라는 명자. 명자의 오락가락하는 건망증이 한도에 달했을 때 들려준 이야기에 군서댁은 명자에 대한 모든 것을 물었다.

　명자는 날마다 아이가 묻힌 곳을 찾아갔다. 명자는 다만 하늘만 멍하니 바라볼 뿐이다. 임 씨에게 차라리 죽이라고 달려들든 포악함도. 펑퍼짐한 엉덩이를 군서댁 앞에서 일부러 흔들던 심술도. 치매라는 병은 어찌 이리 잔인하고 너그럽단 말인가. 악착같이 일하고 처절하게 욕심 부리던 여자는 아주 천진난만한 아이로 돌아가 버렸다. 나보다 네가 더 힘들었구나 하는 마음, 죽은 큰애에 대한 길고 지루했던 울음. 그런 거였구나. 누구도 알지 못한 그리움과 슬픔이었어. 이별 이기는 장사는 없더란 말이 생각난다. 그러고 보니 그 애가 죽은 뒤로 더 포악해졌구나. 오히려 핀잔을 만들어 임 씨를 거부하면서까지 만들어 준 그해의 긴 울음. 어머니의 청승맞음이 아이를 죽였다고 핀잔하면서 동네 사람들이 명자의 긴 울음을 욕했다. 인정머리라곤 아무리 찾아도 없던 명자였다. 밤낮을 가리지 않고 꺼억꺼억하던 명자.

　무심한 세월이다. 창밖에 시름없이 떨어지는 빗줄기를 두 여자는 멍하니 보고 있다. 비가 오락가락하니 덩달아 봄도 오락가락한다. 겨울도 갈까 말까 하지만 세월은 그냥 가고 있다. 미련 없이 가는 세월 미련 없이 보내려는데 미련한 마음이 미련에 묻어서 미련하게 서성거린다.

　신은 공평한 것인가? 아니면 심술궂은 것인가. 무려 스무 살이나 아래인 명자가 먼저 정신을 놓아버렸다. 죽으라고 악착같이 싸우고 산 삶 때문에 남보다 먼저 정신이 쇠진된 모양이다. 가엾은 것. 군서댁은 초점 없이 마당을 서성이는 명자를 보았다. 악악거리면서 달려들던 모습. 소름이 끼치게 정떨어진 포악함. 그런데 명자는 남은 것은 하나도 없다. 명자는 군서댁의 가슴을 파고드는 철부지 어린애에 불과했다. 어쩌자고.

군서댁은 명자를 뒷방에 가두지 않았다. 야속한 삶이다. 군서댁은 젊어서부터 뒷방을 치울 때마다 언젠가 자신의 마지막 거처가 되리라 생각했다. 시집와서 섬긴 시조모의 가여운 모습. 아무도 보살펴주지 않는 상태로 똥, 오줌 범벅되어 밥을 갖다주면 히죽거리면 웃던 어른. 오래 산다고 다 좋은 것은 아니다. 치매라는 것은 본인은 천국이요, 주변 식구는 지옥이었다.

아무에게나 버럭버럭 소리 지르고 욕하고. 무엇보다 힘든 것은 대, 소변을 제대로 처리하지 못한 것이다. 유난히 지린내가 심했다. 이부자리에 묻은 마른 똥은 세탁해도 그 냄새는 없어지지 않았다. 고스란히 치매 걸린 시조모는 군서댁 몫이었다. 치매라는 것은 인간으로서 정신과 육체의 기능을 모두 없애는 대단한 질병이었다. 먼 후일 자신의 모습을 보는 것 같아 너무나 끔찍했다. 그래도 명자가 낳은 자식들의 손에 의해 보살핌을 받을 자신이기에 그들에게 사랑을 아끼지 않았거늘. 정신 놓은 명자를 보면서 내가 아니라 다행이라는 생각도 들었다. 전생에 내가 무슨 죄를 얼마나 지었길래. 이리도 이승의 삶이 슬프고 어렵단 말인가. 그렇구나, 이것이 내게 주어진 마지막 조상님의 사랑이구나. 남편을 나눠 가진 불행한 여자들의 마지막 화해의 방법, 가슴 밑바닥에서 용트림하는 서러움과 분노를 주체하기 힘들다. 그렇지만 군서댁의 문드러진 가슴팍에서 명자는 가여운 동물로 안겼다. 내가 너보다 조금 오래 살아야겠구나. 난 내 슬픔만 한이 될 거라 생각했는데.

　창문을 열고 들어오는 꽃샘바람에 추위하는 명자에게 얇은 이불을 덮어주었다. 지금까지는 똥, 오줌은 스스로 해결하지만 언젠가는 그리하지 못할 게 뻔한 일이다. 다행히 남편도 시부모들도 죽으면서 자신을 괴롭히지 않아 다행이라 생각했는데. 아니 그들보다 먼저 죽기를 간절히 바랐건만. 개똥밭에 굴러도 이승이 좋다는 말이 생각난다. 그래 이렇게 전생의 죄를 사하심인지. 군서댁은 명자를 위해 먹을 것을 준비하기 위해 마당으로 나왔다. 돌보지 못한 마당은 잡초가 무성하다. 그녀도 이제 늙은 것이다. 젊을 때는 잡초 하나만 보여도 반드시 뽑아버려야 했는데. 생각해보니 그것은 부질없는 오기였고 그리움이었다. 임 씨에 대한 갈증, 첩들에 대한 분노를 일로 무마시킨 것이다. 생계형 일거리였다. 감나무 가지 끝에 새싹이 보이고 두레박 대신 녹슨 펌프가 낮잠을 즐기고 있다. 올해는 또 얼마나 감꽃이 많이 피려나. 감꽃을 주워 명자 목걸이라도 만들어줘야겠다. 지난해 된장 물에 담가둔 감이 생각나 뒷마당으로 돌아갔다. 몇 년을 손보지 않는 골방은 창호지가 떨어진 채 나풀거리고 있고 마루도 먼지투성이다. 오늘은 저 방 청소라도 해야지 생각했다. 바람 없는 봄날은 따뜻할 줄도 안다.
　맨발의 명자가 어느새 따라와 옆에 있다. 왈칵 서러움에 목이 멘다. 명자를 안다시피 하고 앞마당으로 나오는데 멀리 사람들의 목소리가 들린다. 아 벌써 명자 생일이 다가오는구나. 일 년에 두 번, 그래도 명자와 자신의 생일에 꼭 찾아주는 아이들이 고맙다. 앞산에 드문드문 진달래

몇 송이가 보이면 명자 생일이고. 감이 조금 익으면 자신의 생일이다. 기둥 하나가 옆으로 반쯤 누운 대문이지만 남자가 없는 집은 군서댁만큼 낡은 지 오래다. 대문은 언젠가부터 제 기능을 잊고 반이 열린 상태다. 까치 입을 연상케 하는 바위도 그대로지만 사람들만 낡은 상태. 군서댁은 전생에 명자도 자신도 죄를 많이 지었는데 명자가 조금 더 많은 죄를 지었다 생각했다. 젊은 나이에 치매인 명자, 그런 명자를 건사하는 자신, 그래도 내가 치매인 것보다는 낫다는 서러운 자위.

"형님, 배고파."

아무리 그렇게 부르지 말라 해도 군서댁을 부르는 명자의 호칭은 변하지 않는다.

꿈의 공룡능선

꿈의 공룡능선

우연한 자리에서 더 늦기 전에 공룡능선에 다시 가고 싶다는 그의 말꼬리를 힘 있게 잡았다. 자신과의 마지막 싸움이라면서 약간 쓸쓸해하던 모습에 가슴이 짠했다. 그냥 지나가는 말 같으면서도 절실함이 묻어 있는 하소연. 암을 앓았기에 생에 대한 절박함과 미래에 대한 불확실한 자신감 때문에 외줄타기 인생을 사는 듯한 그의 모습. 가여움과 호기심이 범벅이 된 내 감정은 그의 마지막 욕망을 들쑤시는데 열중했다.

죽음이라는 것은 순서도 법칙도 없는 독불장군. 그래서 다가오면 누구도 거절 못 하는 무서운 것. 피할 수 없으면 즐기라지만 결코 즐길 수 없는 것이 죽음인 듯하다. 내일일 수도 있지만 아주 먼 훗날일 수도 있는 것. 모든 동물의 종착역.

언제나 그리던 곳에 대한 욕심이 부른 무리한 여정이었다. 산이라는 것은 그렇다. 가만히 모른 체하다가도 강렬하게 끌어들이는 마력. 산행중에는 힘들어 다시 하지 않으마 다짐했다가도 가고 싶은 마음이 생기면 정신없이 내딛는 발걸음도 병이라면 병이다. 산을 좋아하는 사람들의 통제 불가능한 영원한 욕망.

머뭇머뭇 좀체 동행을 허락하지 않는 그를 집요하게 설득했다. 거의 날마다 연락했다. 아니 마주치기만 하면 졸졸 따라다니며 졸랐다. 여러 가지 어려운 상황들을 설명하며 거절했지만 기어이 허락을 득했다. 이유는 간단하다. 당신과 나의 등산속도가 비슷하다. 몇 번의 산행 때마다 덩치에 비해 언제나 후미에서 헐떡거리는 그의 행동. 언제나 쉬지 못하고 줄기차게 걷는 나. 이것이 그를 택한 제일의 이유다. 왜 헐떡거리느냐고 묻지도 않았는데 자신의 상황을 자세히 설명해준 사람. 폐암수술. 아 그렇구나. 저렇게 덩치 큰 사람이 암과 싸웠구나. 그래서 언제나 비실거렸어.

그를 처음 안 것도 산행 중. 약간 혀 짧은 소리를 내는 그에게 이유를 물었다. 그것은 고약한 실수, 항암치료로 이가 없어 목소리가 세어 쉰 소리를 내는 그에게 이유를 물었으니 얼마나 황당한 질문인지. 미안하다는 말도 못 했다. 어떻게든 피하려는 그와 결국 동행에 성공했다. 참 황당한 요구이고 당연한 거절이다. 잘 알지도 못하는 남자와 여자가 단 둘이 산행을 한다. 그것도 험한 산행. 한 사람은 환자, 한 사람은 그저 호기심만 가득한 덜렁이. 이런 부조화가 또 있으랴마는, 그런대로 맞추면 또 다른 즐거움이 생길 수 있겠지라는 우매한 호기심의 산물.

여행이라는 것은 어디를 가느냐가 아니라 누구랑 가느냐가 언제나 관건이다. 표도 따로따로 끊었다. 약간 쌤통. 누가 돈 떼어먹을까 하는 약간 불쾌감이 나도 모르게 얼굴에 나타나버렸다. 카드를 아이들이 결재하는데 혼자 산행한다 했습니다고 설명해준다. 누가 뭐래나. 속 좁기는 완전 좁쌀이다고 웃었다.

기묘한 설렘에 전날 거의 밤을 새우다시피하고 갔건만 우리를 맞이한 것은 침침한 비였다. 한계령이 비를 머금고 거만하게 우리를 맞이했다. 참 멋없는 남자. 먹을 것도 따로따로 각자 먹을 것만 준비하잖다. 철저한 자기중심적인 남자지만 내가 택한 일이라 불평은 감히 언감생심이다. 그런데 날씨조차 궂은 것은 영 지랄이었다. 난 폐암을 앓았다는 그가 신기했다. 나의 아킬레스. 자신의 욕망을 채우기 위해서라면 물불가리지 않고 덤비는 속물 욕망. 난 모든 것을 동원해서 설악산티켓을 산 것이다. 이번에도 예외는 아니다. 그렇게 시작한 산행이기에 나는 그의 눈치만 볼 수밖에.

죄지은 악동의 죄송한 마음으로 오른 한계령. 그놈의 비안개 심술궂기가 평소 그의 차가운 거만함이었다. 친절이라곤 아무리 찾아봐도 없는 사람. 그렇지만 무조건 이해해야 하는 그의 입장. 폐암수술이란 어마어마한 이력의 소유자. 안쓰럽지만 가끔은 신경질 나는 그의 행동.

내게 구름을 가를 가위를 주십사 간절히 기도했지만 허사였다. 그렇다고 쉬지 않고 비가 뿌려대는 날씨도 아니다. 비가 오는 듯하다 잠깐 쉬기도 하고, 멀리 설악산의 절경들이 숨바꼭질하듯 보였다가 사라지기를 반복. 그런데도 눈앞도 보이지 않게 안개가 자욱했다가도 잠시 해가 얼굴을 보이기도 한 얄궂은 변덕스러운 날씨다. 설악산은 언제나 비를 품고 사람들을 기다린다는 휴게소 안내가 사실인 듯하다.

그는 사진 찍느라 열심이고 나는 옆에서 참새처럼 종알종알의 반복이다. 하지만 틈틈이 나를 챙기는 그의 따뜻함에 스스로 경계심을 버리고 말았다. 참 우습고 은밀한 동행이다. 그러면서도 가끔 성가셔하는 변덕. 그냥 그러려니 했지만 가끔은 한 대 쥐어박고 싶은 충동도 생긴 산행이다.

점점 그가 고마웠다. 묵묵히 주변 설명을 곁들여 나의 피곤함을 조금씩 으깨준 자상한 배려가 느껴지기 시작한 것이다. 보일 듯 말듯 감칠맛 나게 가끔 보여준 주변 경관에 놀라면서 하늘을 원망하며 걸었다. 감칠 맛 나는 그의 포근한 눈빛이 설악산의 비와 같은 성질이다. 바위는 저마다 특징을 갖고 자리매김을 하고, 물먹은 나무들의 싱싱함이 땀을 식혀주고. 젖은 땅에서 올라오는 상긋한 흙냄새는 무엇과 비교할 수 없는 귀한 것이고. 마지못한 응대이지만 동행을 허락한 고마운 그.

구름이 조금 걷힐 때마다 열심히 박아대는 정열에 감히 엄살조차 부리지 못했다. 처음의 어색함이 점점 사라지고 행복해하는 그가 보기 좋았다. 숨 차 힘들어하는 그를 보면서 따뜻한 말 한마디 건네지 못한 우매한 피곤함.

같은 꽃이면서 언제나 다른 표정을 짓고 있는 하얀 꽃, 노랑꽃, 보라색 꽃들의 향연, 수천 그루의 나무 또한 저마다 개성 있게 은근히 매무새를 자랑하고, 때로는 은밀한 웃음을 선사해준 서북 능선의 절경. 그치지 못하는 비에 그리움 방울 흘려보내는데 아쉬움을 어찌 말로 하랴. 서북 능선은 작은 바위 조각들이 옹기종기 모여 만든 아기자기한 바위 능선이다. 구름과 숨바꼭질하며 조금씩 얼굴 내미는 귀때기청봉.

어떤 작은 농담도 절대 허용하지 않는 동행. 서로의 상황이 다르니 뭐라 왈가왈부하리오 마는 카페라는 위험한 불덩이 속에서 만난 남녀가 단둘이 여행했다. 그냥 단순한 산행이다. 남자와 여자는 부부가 아니면 남이요. 애인이 아니면 남이요. 정부가 아니면 남이다. 남이라. 님이라는 글자에 점하나 붙이면 남이 된다는 말에 웃었다. 우리는 부부도 애인도 정부도 아닌 그냥 비밀동행.

우리의 기묘한 동행은 이렇게 어설픈 상황에 시작되었다. 비를 원망하고 안개를 원망하면서 우리는 공통점을 찾아 마음을 풀기 시작했다. 저 방귀 뀌고 싶어요. 난 쉬 할래요. 가장 원색적이면서 절실한 생리적인 현상. 어떤 가식도 필요하지 않은 순수함. 빗줄기 속에서 나무들은 파르르 떨면서 우리를 조롱했다. 아주 얄미웠지만 불가항력이었다. 가다 쉬다 가다 쉬기를 반복했다. 그의 기억력이 어딘가로 나가버려서 그가 만든 추억 속의 자리도 찾지 못한 고생길이었다.

조심해요. 사실 그의 상황은 남을 배려할 여유가 없다. 그런데도 워낙

칠칠찮은 동행이라 염려스러웠나 보다. 간간이 뒤돌아보며 나를 염려하는 그의 보일 듯 말 듯한 친절은 가파른 바위산을 오르내리는 힘의 원동력이 되었다.

아, 아쉽다, 속상하다. 한 시간만 구름 잡읍시다. 안개 쫓아버려요.

아쉬워하는 내게 옛날 사진 보여주며 그가 마음을 열기 시작했다. 촌음이 아깝고 소중한 그. 그럭저럭 사는 나. 난 식은 밥 한 덩이. 그는 빵과 어묵과 소시지 몇 개로 각각의 점심이다. 그렇게 각자 싸 온 음식으로 적당히 떼었다. 우리는 그냥 동행이었다. 마치 한 지붕 두 가족처럼. 일단 허기는 가신 듯. 그의 약간 어리바리한 기억 속에서 이정표를 찾아 시작한 산행이다. 몇 시간을 마취 속에 헤매다 보니 남보다 많은 기억력을 마취가 삼켜버렸다면서 기억의 상실을 장황하게 늘어놓은 그를 보면서 나는 가슴만 아파져 왔다. 그에게 삶은 무엇일까? 그저 숨만 쉬는 것? 아니면 절실한 어떤 갈망 같은 것. 죽음의 문턱에서 어렵게 돌아선 자의 초조함?

빗속에서 점심을 먹고 다시 시작한 산행은 공복 때보다 더 힘들었다. 뒤로 돌아갈 수 없기에 그저 앞으로 간다. 산행 때마다 나를 최면하는 말이다. 언제나 그랬다. 뒤로 돌아갈 수 없어서. 그렇지만 그것은 간단한 변명, 언제나 감당하기 힘든 산행을 택하는 어리석음을 반복하는 나. 는개와 안개와 구름은 여전히 우리를 조롱하듯 들락날락했다. 내 힘으로 어떻게 할 수도 없는 고약한 날씨. 설악산은 언제나 축축하게 젖은 상태로 산악인들을 유혹한다고 한다. 높은 산이 주는 잔인한 초대라고 한다. 그런데도 사람들이 열광하는 곳이 설악산이라니. 왜 설악산은 그렇게 사람들을 미치게 하는 것인지? 웅장한 산모양. 골마다 풍기는 아기자기한 우아함의 조화. 오를 때마다 사람들을 다운시키고 정신 놓게 하는 마력.

서서히 지치기 시작했고 무모한 도전에 스스로 무너지고, 마음속으로는 부당하다 부당해하고 자신을 어이없어했다. 그러나 어쩌랴. 그저 앞으로 갈 수밖에 없는 상황을. 앞에서, 그리고 뒤에서 밀고 당기는 그에게 걸음마 배우는 어린애처럼 이끌리듯.

점점 높이 오를수록 나무들은 몸을 낮춘다. 그는 하얀 꽃만 찍으면서 아쉬워했다. 잠깐씩 보이는 설악산은 절경이다. 중청휴게소를 우회하여 희운각으로 방향 전환하고 내리막길로 접어들자 빗줄기가 더 거세졌다. 내 걸음에 맞추느라 처지는 그를 보면서 이상하게 안도의 숨을 쉴 수 있었다. 자기의 몸도 제대로 건사하지 못하는 사람에게 이상한 편안함과 안도는 무슨 망령된 생각인가?

빗줄기는 여전히 변덕을 부렸지만 멈추지 않았다. 어찌 보면 여우의 흉상 같은 고사목을 보고 사진 한 장 건졌다고 좋아하는 그의 천진함. 그때부터 비는 그냥 비가 아니라 노도였다. 우중의 여름 산은 그야말로 지옥 행군이다.

만나는 사람마다 완전 물에 빠진 생쥐 꼴. 그런데도 우리처럼 우중 산행을 즐기는 사람들이 의외로 많아 안심이었다. 어디서 그런 용기가 생겼는지?

안갯속의 보이지 않는 풍광들을 설명하는 그도 피로 범벅. 숨을 헉헉거리면서 힘들어하는 내 모습도 저렇겠지 하고 허허 실소하면서도 전진만이 살길인 전쟁터처럼 그냥 앞만 보고 걸었다. 어찌 된 영문인지 빗줄기는 더 굵어지고 낙수 소리는 요란했다. 생각보다 우중 산행은 더디고 힘들었다. 언제나 나를 선두로 밀어내는 고마운 사람. 염려스러워 자꾸 소리로 자신을 대신하는 조용한 배려. 어쩔 수 없는 동행이 아니라 운명 같은 동행. 어두워지는 산속에서 아무런 두려움도 생기지 않는 게 이상했다. 어찌 보면 그는 자신의 몸도 제대로 건사하지 못하는 사람이거늘. 나는 무엇을 믿고 그를 따라나섰고 그는 무슨 생각으로 나의 동행을 허락했는지?

맨발로 산행하는 인상 고약한 세 여자와의 해후가 시작되었다. 엎치락뒤치락. 우리가 앞서거나 그네들이 앞서거나 하면서 우리는 서로를 의식하고 염려하기 시작했다. 어쩌면 그랬다. 암과 치열한 전쟁을 겪은 사람. 그래서 타인에 대한 배려는 한 푼도 없는 사람. 도와줄 수 없으니 도움받을 생각일랑 아예 마세요. 처음부터 철저하게 금을 긋고 시작한 산행. 나도 어떤 경우도 남의 도움은 언제나 거절한 성격이기에 조금은 얄미웠지만, 가끔 야속함에 잠겼다.

급경사에 빗물에 젖은 바위는 어둠보다 더 나를 힘들게 했다. 문득 어떤 순간이 생각났다. 첫 월급을 타서 외할머니 빨간 내의를 사서 외갓집에 다녀오던 기억. 어둠 속에 더 빛나는 냇물은 요란하게 소리로 모습을 대신했다. 평소 귀신이 나온다는 수문을 지나는데 누군가 뒤에서 잡아당기는 것 같은 오싹함에 나도 모르게 걸음이 빨라졌다. 누나, 무섭다면서 업히기를 바라는 동생을 업었다. 5살 먹은 남동생. 낮에도 인적 없는 둑길. 그 길이 아니면 공동묘지를 지내야 해서 택한 밤길은 물 흐르는 소리만 요란하게 들렸었다. 어디선가 귀신이라도 불쑥 나타날 것 같은 두려움에 몸서리쳤지만 나보다 어린 남동생을 지켜야 한다는 생각. 그리고 아무 힘도 없는 남동생을 의지하는 마음, 남동생을 앞세웠다 업었다 하면서 걸었던 무서운 길, 어떻게 그 길을 지내왔는지 지금 생각해도 아득하다. 그런 의지함 같은 믿음이랄까. 어떤 위험한 경우에 나보다 자신을 먼저 챙길 위인이란 생각에 나도 모르게 쓴웃음이 나오면서도 엉뚱한 그에 대한 작은 믿음, 마치 5살 동생에게 느낀 원초적 믿음 같은 것, 혼자가 아니라 둘이라서 괜찮을 것이라는 맹목적인 안도감.

　자기 몸도 제대로 건사하지 못하는 그의 무엇을 믿고 따라나섰는지. 아니 그때 나는 죽음을 아주 가까이 느끼고 있었다. 지겹던 직장생활을 끝내고 그때 나는 죽음을 붙잡고 싶었다. 적성에 맞지 않는 직장이 끝나면 날아갈 듯이 가벼우리라 생각했는데. 새로운 세상은 오히려 나를 당혹스럽게 했다. 그래서 난 심적으로 상당한 고통에 힘든 상태였다. 어쩌면 무모한 산행에서 차라리 어떤 사고를 기대하고 있었는지도. 적성에 맞지 않는 직장생활을 마감했지만, 막상 홀가분할 줄 안 마음이 공허를 붙안고 나를 괴롭히고 있었다. 오랜 수감생활 끝에 모범수로 형량이 감해져서 조금 일찍 나와 적응하지 못하는 죄수의 어리둥절함 같은 것.

하늘이 무거워 잠시 내려앉은 모양이다. 누군가가 구름을 찢어버릴 가위라도 주면 좋으련만, 비에 젖은 사람들을 보며 웃을 일도 없는데 실실거렸다. 줄기차게 쏟아지다가 어느 순간 잠시 드러나는 산모양은 신이 그린 동양화가 아니면 어찌 그렇게 아름다울 수 있는지, 쉬는 만큼 늦어지기 때문에 산행 때 나는 언제나 앞만 보고 걷는다. 브레이크 없이 바다 위에서 앞만 보고 가는 배처럼. 그렇게 걸어도 선두 한 번 한 일이 없는 느린 보행. 그날도 예외는 없다. 그와는 몇 번 산행했고 남보다 느린 그의 보행, 그보다 느린 나. 그를 내 산행의 동반자로 찍은 것은 그해 5월 덕유산 산행 때였다.

말만 들었던 산. 국립공원이란 제목을 얻은 수려강산이 덕유산이다. 나뭇조각으로 쇠사슬에 묶여있는 사슴의 무표정에 짠한 가여움이 생겼다. 동물이 어찌 식물로 변신할 수 있는지, 인간이 만든 억지 이치. 어찌 동물을 식물로 바꿀 수가. 시퍼런 녹음을 안고 선비처럼 정중하게 우리 일행을 환영한 산. 곤돌라로 오르니 천하가 발밑이고 완전 비행기 탄 기분 두둥실두둥실. 곤돌라가 우리를 안내한 곳은 고사목이 녹음을 무시하고 처연히 서 있는 봉우리였다. 고사목도 혼자이기 싫은 듯 두 그루다. 도착한 그곳에서 제일로 우리를 반기는 것은 고사목. 주목, 산자와 죽은 자가 같이 설 수 없는 곳이 이승이거늘. 어찌하여 그곳은 그게 너무 흔한가? 못다 한 운우지정 죽어서도 나누겠다니 나무가 인간보다 더 많은 행복 누림이다.

높은 산답게 키 작은 나무들 서로 엉켜 세상사 논하는데 군데군데 고사목 처연하게 서 있었다. 인간의 무능함이 새삼 서러움을 만들어준다. 비애, 명예, 죽음이란 의미를 안고 살아서 천년, 죽어 다시 천년을 견딘다는 주목, 백문이 불여일견이란 말은 정확한 진실. 가히 국립공원이란 말이 너무 당연한 진실인 양 수려한 산. 이승의 업보를 죽어 사하고자 서로 부둥켜안고 있는 주목. 죽어서도 잊지 못한 정인에 대한 미련인 양 엉겨 붙은 고사목의 간절함이 안타까운 산.

아쉽게 많은 들꽃. 한풀 꺾인 채 우릴 맞이하나 애기똥풀 노랑꽃은 지금부터라. 민들레 홀씨 되어 갈 길 서둘러도, 산속의 밤꽃은 의연히 빛나는 시절에 여기저기 작은 열매들 살찌우고자 서두르고 있는 산. 이름 없는 바위에 뿌리 세우고 서 있는 나무는 얼마를 더 살겠다고 그리 안간힘인지. 가만히 흙 속으로 기어들면 그만인데. 무슨 힘자랑 하겠다, 저리도 미련하던가.

넘어지기 달인이란 별명이 무색할까 봐 결국 넘어져 팔과 다리에 타박상을 입은 내 걸음은 더디기 그지없었다. 점점 느려지는 발걸음에 결국 그에게 부탁하고 말았다. 가끔 뒷모습만 보여주는 간격으로 기다려

달라고. 여자에게 지나치게 무심한 그도 결국 쉬엄쉬엄 내게 뒷모습을 보이기 시작했다. 그리고 그뿐인 인연을 내가 잡은 것이다. 그렇게 보조를 맞추다 보니 가끔 이야기를 나눌 기회가 생겼다.

파란 눈의 여자가 어디서부턴가 뒤따라왔다. 날렵하기가 다람쥐 같다. 비 젖은 바위는 미끄럽다. 이러다간 길에서 밤을 맞이할지 모른다는 두려움에 무모한 산행에 후회가 생겼다. 도대체 무슨 생각으로 나와의 동행을 허락했는지 그의 의도가 의심스럽다. 죽음의 문턱까지 갔다 온 자신에 대한 마지막 시험이고 도전이라는 말에 가여움 반 호기심 반으로 그를 잡고 늘어진 것이다. 비에 젖은 바위는 미끄럽기조차 하다. 나는 더듬더듬 그를 앞질렀다. 다람쥐 같다는 생각이 들었다.

어두워지는 설악산, 더구나 비조차 오는 설악산, 비가 오는 날은 낮 길이가 한 시간쯤 짧아졌다. 오줌 누고 가야 하니 먼저 내려가라는 말에 픽 웃음이 나왔다. 그렇지만 이마에 두를 랜턴이 앞을 비춰주지만, 여전히 칠흑 같은 산속.

느린 걸음은 어둠과 비에 묻혀 점점 더 느려지기 시작했다. 금방 따라올 줄 알았는데 빗소리에 묻혀서인지 주변은 적막강산이다. 가끔은 사나운 짐승도 나온다는 두려움. 가파른 계단에 넘어지기를 여러 번. 그냥 무조건 길 따라 내려갈 수밖에 없는 상황. 바람 따라 밀려오는 운무는 파도보다 무서웠다. 한기가 들고 소름이 끼쳤다.

뒤에서 가끔 소리를 보내주는 그의 배려에 마음이 달궈졌다.

중청휴게소를 돌아 희운각으로 내려온 도중에 만나 파란 눈의 여자. 그녀가 내리막길에서 잘못하여 넘어질 뻔했지만 날렵하게 평형을 유지하고 우뚝 섰다. 우리는 놀라움에 그저 어안이 벙벙했다. 오히려 부끄러운 듯 서둘러 앞질러 가던 여자의 이야기를 하면서 같이 웃었다. 만약 그 여자에게 무슨 일이 생겼다면 우리의 도둑 여행이 노출될 수도. 놀람과 안도가 같이 춤추었다. 대단한 그녀의 순발력에 놀랐고 다치지 않은 그녀에 안심했다. 사실 우리의 걱정은 어떤 불상사가 생겼을 경우 표면으로 떠오를 우리 도둑 산행이다. 죄지은 것도 아니면서 구설이 싫은 두 사람이다. 사람들은 자기가 본 것에 마음대로 상상하고 말을 만들어 유포했다. 그렇게 헛말이 흘러 다니다 보면 눈 뭉치같이 거대한 허위사실이 기정화 되어버린다.

간간이 안개가 우릴 놀리듯 절경을 선사해주었다. 자꾸 쉬 한다고 처지는 그. 아마 건강상의 문제겠지 하고 웃었다. 그런데 맨날 하는 소리가 잠지를 집에 두고 다닌다는데, 어느 길 어느 구멍에서 쉬가 나오나. 남자는 쉬하는 잠지, 그거 하는 잠지가 따로 있나 보다고 웃었다. 처음 안 사실에 그에게 장난스럽게 물었더니 대답을 못 하고 얼버무린다.

마지막 투숙객으로 희운각 도착. 예정 시간보다 늦게 휴게소에 도착했다. 우중인데도 의외로 등산객이 많다. 난 기진맥진에 긴장이 풀려 털썩 땅바닥에 주저앉고 말았다. 땀에 젖고 비에 젖으니 여름인데도 덜덜덜, 일을 못 하고 덜덜 떨고만 있으니, 힘 좋은 남자랑 왔으면 고생하지 않았을 텐데 하고 진짜 미안한 얼굴을 보이는 그. 그런데 그거 아시나? 힘 있는 사내놈은 먼 빗길 여정에 늑대로 변할 확률이 있음을. 지나치게 몸을 도사린 그, 적어도 어느 상황에도 내 몸을 만지지 않을 거라는 믿음에 따라나섰다.

결국, 아무것도 하지 않겠다더니 저녁 설거지는 그의 몫. 여기서 그가 쪼끔 좋아지기 시작했다. 준비물도 제대로 갖추지 않는 내게 핀잔하는 얼굴에 짜증보다 따뜻한 정이 쪼끔 묻어있었다. 놀란 반전이다. 도대체 다정이라는 것은 눈 아무리 씻고 찾아도 보이지 않는 무뚝뚝. 그런데 놀랍게도 여러 사람 앞에서 나에게 자기라는 호칭을 붙여주었다. 남의 눈에 혹여 이상하게 보일까 하는 우려의 행위라고 웃었다. 대피소라는 그곳이 그렇다. 남녀노소 구분도 없는 곳. 신변 구분도 없는 곳. 여자 둘이 남자 옆이라며 그를 구석으로 몰아내고 그 옆에 누었다. 지나친 결벽증이라고 한마디 쏘아주고 싶었으나 참았다. 세상은 별개의 사람들이 너무 많은 곳이다. 유난히 잠자리 투정을 하는 꼴불견의 여자들에 왕짜증이 났다. 호텔을 이고 다니시지, 하는 말이 목구멍까지 올라왔다.

소주 석 잔을 마신 그는 곧 코골이를 시작했다. 여기저기서 코골이는 삼중주 사중주로 확산하였다. 잠을 청해야 하는데 쉽지 않다. 제대로 씻지 못한 몸에서는 여름비와 땀 냄새가 섞여 고약했다. 세상에 내 몸에서 이렇게 고약한 냄새가 난다는 사실이 놀랍기만 했다. 그와의 어떤 것을 기대한 것은 아니지만 너무나 편하게 잠들어버리는 그가 조금 얄미웠다. 고약한 냄새는 계속이고. 왕비의 잠자리를 갈구하던 여자들의 코골이가 시작되니 완전 죽을 맛이었다. 술이라도 한잔 할 것을 하는 후회가 생겼다. 많은 시간을 뒤척거리다가 장난기 발동에 그의 가슴에 손을 살짝 얹었더니 재빠르게 뿌리친다. 코웃음이 나왔다. 어른이 되어서도 여전히 혼자이면 악몽에 시달리는 나의 정신 상태는 도대체 몇 살에서 서성대는지?

밤새 내리는 빗줄기에 고민이 계속되었다. 여전히 가는 빗줄기가 잠을 설치게 했다. 코를 고는 소리는 칠중주라고나 할까, 모든 사람이 코를 골았다. 아쉽지만 그냥 내려가기를 바라는 마음이 반, 이왕 온 김에 무리해서라도 산행을 계속하고픈 마음이 반. 선택권은 없지만 생각조차 못 할 이유는 없다. 아침을 먹으면서 그가 말했다. 갑시다. 기어이 공룡 능선 타자나. 하느님 맙소사. 그렇지만 조금은 감사한 마음이 생겼다.

이튿날도 결국 식사는 그의 몫이 되었다. 식은 밥에 남은 국 말아먹고 일찍 대피소를 나왔다. 처음부터 난코스, 밧줄을 타고 미끄러운 바위에 더듬더듬 올라서니 그때부터 장관이다. 벌거벗은 동물들이 서로 엉겨 붙은 형상을 한 바위. 모든 동물이 서로를 완전히 껴안고 있는 듯한 바위. 그 웅장한 바위에 평화라는 이름을 붙였다. 위용에 숨이 막혔다. 어쩌면, 부드러운 곡선은 하나같이 서로를 부둥켜안고 부동자세로 서 있다. 신의 신비, 자연의 위대한 조각품이다. 지난 비에 미끄럼틀이된 길은 자꾸 걸음을 멈추게 했다. 우리는 그저 앞만 보고 걸었다. 비록 만리장성을 쌓진 않았지만 우리는 조금은 가까워졌다. 오직 믿어야 할 사람은 그 사람이었다. 쉬해야겠어. 나도요, 낄낄거리며 서로의 생리

현상을 배려하며 보조를 맞추면서 걸었다. 경탄과 환호. 우리나라에 그런 오묘한 절경이 있음에 무조건 감탄. 그리고 그런 곳을 안내해주는 그에게 그저 고마울 뿐. 간간이 뿌리는 빗줄기도 어제의 막막한 기분은 아니었다.

오르락내리락 돌고 돌아가는 공룡능선. 바위 하나하나, 나무 한 그루 모두 각양각색. 멀리 보이는 경치도 절경, 가깝게 만져지는 경치도 감탄. 비 머금고 녹음 진한 능선을 그가 아니면 꿈엔들 어찌 오를 생각이 나 했으랴. 때론 뾰족한 모습이 날카로운 송곳을 연상시키기도 하고 어느 것은 펑퍼짐한 것이 농익은 여인의 나신 같은 바위. 세상 모든 동물의 형상을 한 크고 작은 바위들. 바위 속에 뿌리를 내리고 서 있는 나무의 끈질긴 삶을 보며 그는 무슨 생각을 하는지 궁금했다. 산속에서 길을 잃고 그 자리에서 응고되어 돌로 변한 온갖 짐승들의 향연이 공룡능선이다. 저승 문턱에서 가까스로 되돌아온 그의 삶. 생에 대한 절실한 집착에 시달리는 그가 지금 무슨 생각을 하고 있을까 궁금했지만, 감히 질문 따윈 언감생심이었다. 나의 한가한 호기심에 코웃음이라도 치리라.

사람들이 오가며 쌓아놓은 돌탑에 그와 나의 이름을 적은 돌을 올려놓으며 다시 오자고 묵약도 했다. 그는 무심히 웃었고 나 또한 그 약속이 이뤄지리란 기대는 하지 않았다. 그저 평범한 사람들 흉내를 냈을 뿐이다. 그와 나의 어수룩한 밀월 산행은 그렇게 계속되었다.

더워 땀을 뻘뻘 흘리는 그에게 모자를 벗고 땀을 닦으라 했더니 소년처럼 수줍어한다. 그가 생소했다. 아, 그랬어, 항암치료. 듬성듬성 숱이 적은 머리를 만지며 겸연쩍어하는 모습은 순진한 소년의 모습이었다.

그가 언제나 신주처럼 머리에 이고 다닌 모자를 벗으며 객쩍은 표정에 잠시 웃으며 피로를 풀었다. 약간의 숱이 적은 머리는 우리 나이에 오히려 멋스러운 모습이거늘. 내게 조금 근사하게 보이고 싶나보다고 잠시 실소했다. 참 천진한 웃음이 보였다. 적당히 멋있다. 그런데 그 빈 머리 본 사람은 우리 카페에 나 혼자뿐이지 않아요? 난 속으로 말하고 픽 웃었다. 건강상 오르기에 힘이 많이 든다는 그, 그렇지만 어찌 내 속도에 비하랴마는 그는 천천히 나를 안내했다. 날씨 탓인지 등산객은 전날보다 적었다.

간밤에 비록 만리장성은 쌓지 않았지만 우리 사이는 조금 반지르르하기 시작했다. 남자와 여자는 세 번만 눈 마주치면 정이 든다는 데 무려 하루 이상을 같이 지냈으니 당연한 일이다. 이것은 순전히 나 혼자만의 생각이었다. 한걸음 옮길 때마다 산모양은 그저 놀람뿐이었다.

인증사진 찍는 그의 쓸쓸한 모습에 가슴이 패는 듯한 통증을 느끼면서 어쩌다 내게 카메라를 건네 자세를 취한 그가 사진 잘못 찍는다고 구박하면 괜스레 심술 났다. 일부러 그는 나를 구박하고 있었다. 나는 그런 앙탈을 보고 웃었다. 그리고 너스레도 떨었다. 나도 가끔은 쓸만하다고. 애초 자신의 건강 상태를 실험하기 위해 혼자 오겠다는 그의 말꼬리를 잡은 여정. 언제나 혼자였을 그의 쓸쓸한 여정. 언제나 딱딱하던 그의 얼굴에 웃음꽃이 피기 시작했다. 우리는 같이 키득거리기도 했다. 죽을병을 앓았기에 모든 것을 놓았다는 가여운 체념, 때로 새벽에 눈을 뜨면 무섭기도 했다는 그의 말에 그저 가슴이 얼얼했다.

비가 오지 않았으면 좋았겠지만, 억수같이 쏟아지지 않는 것에 감사했다. 어느 순간부터 웃음의 속도가 같아졌다. 같이 키득거리기 시작한 것이다. 난 주변 경관에 놀람 놀람의 연속인데 그는 무심히 사진만 찍는다. 굽이굽이 돌아 돌아가는 능선. 바위는 어찌할 수 없어 길을 바위를 돌아가게 낼 수밖에 없다는 설명, 명답이지만 힘들기는 마찬가지다. 도대체 이 바위들은 누가 쓰다 버린 고물들이에요. 나의 피곤한 투정에도 그저 묵묵부답이다.

어떤 바위는 상위에 찰떡을 차곡차곡 포개서 올려놓은 모양, 거북이 모양도 있고 강아지 모양도 있고. 어차피 바위의 이름이야 처음 본 사람의 마음이다. 스치고 지나가는 젊은이들은 우리의 용기에 기탄없이 놀라움과 격려를 아끼지 않았다. 정말 그럴지도 모른다. 이 장엄한 능선을 보지 못하고 죽은 사람이 더 많을지도 모른다는 말이 사실 같다. 그의 덕에 정말 너무 좋은 곳을 보게 된 것이다.

너무 예쁜 나무, 기묘한 바위 하나라도 더 카메라에 담고자 안간힘쓰는 그. 때로 죽음이 눈에 보여 불안해하는 모습. 내 보기 나보다 더 오래 살 것 같으니 너무 날카롭게 굴지 말라고 쐐기를 박기도 했다. 어이없어하면서도 죽음이라는 단어에 민감한 반응을 보이는 그가 가엾다.

장난기 발동으로 평범한 연인 흉내도 냈다. 바위 사이에 돌 올려놓고

○○○, □□□. 외치자 이름이나 적어 올려놓는 거냐고 그가 웃으며 물었다. 덜렁이 아차 하고 다시 올려놓고 인증사진 찍자는데 끝내 쓸쓸하게 거절하는 그의 모습에 나하고 다른 경우의 그에게 작게 가슴을 떨었다. 남은 내 생 반 정도 드릴게요. 실언이 아닙니다. 그럴게요. 그냥 혼자 삼키는 마음이다. 그냥 그에게 무엇이든지 주고 싶은 마음은 무슨 병이람. 난 장난기를 발동해 슬슬 그를 놀리기 시작했다. 그리고 은근히 무엇인가 그와 미래를 강요하기 시작했다. 비구름이 가려서 보지 못한 경치, 가을에라도 다시 와서 보자고. 전 약속 같은 것 하지 않습니다. 하면서 약속은 싫다고 고집하는 그에게 억지로 강요했다. 그랬더니 그럴 수 있으면 그리하자고 싱겁게 약속하고 대답해준다. 약속했다 하고 픽 웃었다.

테 두른 촛대바위가 내 눈엔 어느 놈의 잠지가 아닌가 생각 들었다. 내가 간밤의 무안함을 말했더니 잠지를 잡았으면 아마 가만히 있었을 거라고 웃는 모습조차 짠하다. 그럼 앞으로 이런 기회가 오면 잠지 잡으리다 하고 나도 덩달아 웃었다. 남녀 간은 이런 이야기를 해야 거리가 좁혀진다. 조금은 좁혀진 듯했지만 그건 나의 착각이었다. 그에게 쉬 시켜준댔더니? 어처구니없다고 웃었다. 두 사람의 몸에서는 땀 냄새, 비 냄새가 섞여 고약한 쉰 냄새가 물씬 났다. 그는 벗어진 머리에 신경 쓰이는 듯한데, 내 눈에 그저 최고로 멋진 사나이였거늘. 무조건 최고 멋진 사나이.

기암괴석의 연속에 난 감탄사만 연발했고 비안개로 가려진 부분에 대한 미련으로 가을에 다시 오마고 강제로 약속을 했다. 우격다짐으로 맺은 약속이다. 마지막 삼거리에서 인증사진 찍으면서 그가 말했다. 다른 사람에게는 몰라도 그에게 인증사진은 특별한 의미인 듯하다. 나로선 도대체 알 수 없는 감정이다. 다시 온다는 보장도 없고 지금까지 인생의 흔적도 지울 시기에 새삼스러운 인증사진이라니.

이제야 이야기하는데 사실 바위 오를 때마다 난 죽음을 생각했다. 세상에 미련 없는 나. 그냥 재미없는 삶. 삶에 특별한 감흥이 없는 나, 무미건조하고 내가 원한 삶이 아닌 생활에 빠져 허우적거린 삶. 그 사람과는 달리 세상에 미련 따위 없는 나.

여기서 이렇게 죽는다면 차라리 행복하겠다고. 난 그와 달리 세상에 미련 없는 사람이라고 했더니 잠시 눈살을 찌푸린다. 서로 처지가 다르니 생각도 다를밖에. 해가 조금 보이는 양지쪽에서 이른 점심을 먹고 갈 길 바쁜 우리는 행보를 시작했다. 기암괴석은 계속이다. 마지막 삼거리에서 인증사진 찍는 그의 모습에 짠한 앓이를 느꼈다. 그에게 인증사진은 언제나 특별한 듯했다. 가을에 다시 온다면 인증사진 무효랬더니 어이없는 표정이다. 속살 드러낸 금강소나무가 여인의 살결처럼 매끄러워 놀랐고, 한 그루의 나무가 외피는 마치 여러 개의 나무가 한데 붙어 있는 듯한 모습을 하기도 한다. 설악산의 바위가 검버섯 핀 피부 같다 했더니 성형수술 하라 하며 웃는다. 마주 보는 바위에 혼자 있는 다람쥐 쫓아냈다고 불평하는 그. 혼자인 외로움을 모르는 거 아니면서 잔인한 투정이라고 응수했더니 빙그레 웃어주었다.

　뒤에서 보면 거대하지만, 자세히 보면 무언가 외로워 보이는 사람, 마지막 하산 길은 정말 죽을 맛이었다. 추적추적 비는 계속이고 돌계단은 다리를 천근으로 만들고, 지치기 시작한 나를 위로하느라 열심이던 사람. 그의 날 새운 절망에 비하면 나의 피로는 아무것도 아니리다. 혼자이기보다는 내가 있어 더 좋지 않았느냐 억지투정도 부렸다. 소공원 걸어오면서 서로 대견하다고 마주 손뼉을 쳤다.
　우린 여러 사람을 속인 공범자다. 한데 그의 감정은 요지부동인데 나는 정신없이 그에게 다가가 버렸다. 행여 만나는 일이 생기면 몰래 가끔 눈웃음 주고받으며 둘이 만든 조작된 범죄를 은폐하고 웃었으면 좋겠다는 말에 아주 무심한 얼굴을 보인 그가 야속했지만, 그의 감정은 영원한 치외법권이다.

　그해 가을.
　우리는 또 다른 무리에 묻어 공룡능선에 올랐다. 그는 가을 산행을 마지막으로 산과 이별을 고했고, 나는 가끔 혼자 산행하면서 언제나 그에게 감사하고 미안해해야 했다. 나름대로 그에게 보답하는 방법을 생각하고 실행 중인데 참 어렵다.

손오공의 딸

손오공의 딸

아침에 들어오는 햇살이 눈부시다. 모든 창이 동쪽을 향하고 있다. 두껍고 진한 색 커튼으로 가려도 빛을 어떻게 할 수 없다. 늦잠을 자려 해도 빛 때문에 불가능하다. 더구나 아침 빛은 유난히 강하다. 일요일만이라도 늦게 일어나고 싶은데 그리 못하니 짜증 범벅이다. 이리저리 이사 다니며 주인 눈치 보는 게 싫어서 모자란 돈으로 집을 샀지만, 좀 더 신중했다면 날마다 이렇게 화나지 않았을 것을 하는 후회 때문에 머리가 아프다. 정확히 말하면 빛 때문에 화난 것이 아니다. 매일 참을 수 없이 화났다. 삶이 이렇게 재미없을 줄 정말 몰랐다. 직장도 가정도 그녀에게 평화를 만들어 주지 못한다.

결혼, 심심해서 했다고 하는 게 정확하다. 무료한 삶이 싫어 변화를 기대한 행동이다. 그러나 변화는커녕 후회막급이다. 게을러 일은 엄마에게 맡겼다. 엄마는 불평하지 않고 모든 것을 해주었다. 약간의 돈을 엄마 손에 쥐어 주었다. 많은 사람이 그랬다. 부모·자식 간의 거래도 언제나 깨끗해야 한다고. 세상에 나오니 요지경이다. 인간적이라든지. 정이라는 것은 존재하지 않았다. 날마다 투쟁. 남의 불행이 나의 행복인 세상. 책임을 묻고자 해도 책임자는 먼 산만 바라보니 경제는 끝을 모르고 내리막길. 필사적인 노력으로 구한 직장은 살얼음판. 보람이나 만족이 아닌 직장. 살아가는데 필요한 돈을 주는 곳. 갈 길은 먼데 다리에 병난 꼴. 등산하는데 위를 보면 의욕이 떨어지고. 아래를 보면 성취감을 느낀다고 한다. 인생은 그렇지 못하다. 위를 보면 끝이 없고 아래를 보면 어이없다.

옆에 곤한 잠에 빠진 남편이 보인다. 뜨겁게 좋은 감정은 없지만 모든게 그 정도면 하는 생각으로 결혼했다. 둘 사이는 문제가 없다. 서로에 대한 신뢰와 존중(많이 배운 사람들 특유의 약간의 거리가 있고 예의가 있는)에 도덕적인 가정을 꾸리는 데 문제가 없는 만남이다. 그런데 생활에는 언제나 복병이 있다. 친구들 이야기가 생각난다. 남편 한 사람만 시댁에서 쑥 빼 올 수 있다면 좋겠다던. 가장 좋은 신랑감은 유산이 많은 고아라는. 속으로 그들을 경멸한 미연이다. 친구들의 부도덕을 신랄하게 비판했다. 너무나 야박한 친구들의 넋두리를 귓전으로 흘렸다. 그랬는데 결혼을 하고 보니 실지로 그런 기분에 잠겼다. 자신의 어이없는 변화에 웃음이 나왔다.

남편의 겉저고리에서 시아버지의 회갑을 알리는 봉투가 나왔다. 내용을 보니 다음 주일인데 아직 자신에게 말을 하지 않는 남편의 의도가 분명히 보였다. 너만 와라. 거듭되는 문제에 가족에서 자신이 제외된 것이다. 내가 무엇을 그리 잘못했다고, 생각할수록 화가 난다.

일요일에 남편은 미연이 언제 일어나든 전혀 상관하지 않았다. 직장인에게 일요일은 재충전을 위해 필요한 시간임을 알기 때문이다. 일주일의 피곤을 말끔히 씻어야 다음 주가 가볍게 시작되는 것은 불변의 이치다. 여자로서 일과 가정이 병행되면 한쪽은 아니 정확히 말하면 자본주의 세계에서 가정은 이미 존재감이 없어진 것이다. 가화만사성도 옛말이다. 가난은 불평만으로 끝나는 가벼운 가려움증이 아니고 가정의 붕괴를 가져오는 강력한 카리스마다. 그런데 주변 사람들은 그렇게 생각하지 않는다. 여자들에게 가정, 사회생활에 만점을 원하고 강박관념을 바꾸려는 생각은 하지 않는다. 사람들은 자기가 생각하고 싶은 데로만 생각했다, 그리고 이 증상에 예외는 없었다. 김 서방이야 나무랄 데 없지만, 주변의 모든 것을 받아들이기는 조금 어렵지 않겠느냐고 조심스럽게 결혼을 반대한 어머니가 생각난다. 어머니의 염려를 무시할 만큼 남편이 욕심난 것은 아니지만 어디에 내놓아도 손색이 없다는 잠정적인 결론에 미연은 모든 것을 극복할 자신감이 생겼다.

직장도 시댁도 미연에게는 전쟁이다. 아니 세상이 전쟁터이다. 하고 싶은 일의 연속이 직장이었다면 생활이 살벌하지 않을 것이다. 그런데 생뚱맞게 전혀 생각지도 않는 직장에 들어왔다. 교사라는 직장은 이제 직업일 뿐. 사명감이나 의욕만 가지고 하던 옛날의 스승은 없다. 사람들은 으르렁거리며 선생이란 직업을 감시한다. 남자들은 평생 보험을 든다는 생각으로 여선생을 환호한다. 실로 기막힌 현실에 미연은 죽을 맛이다. 그래도 남편이 그런 의도 없이 자신을 택했다고 생각하고 스스로 달랬다. 아니 그렇게 믿고 사는 것이 행복할 듯해서 믿기로 했다. 학생들에게 정신을 다 뺏기고 집에 오면 완전 파김치다. 남편은 미연을 이해하지만 다른 사람은 그렇지 않다. 지독한 착각이다. 교사니까 모든 것에 완벽할 거로 생각한다. 모든 것에는 시댁에 대한 무한정의 희생과 예의다. 교사니까 어련히 알아서 잘하겠지. 참 우스운 착각이다.

비 냄새가 거울에 묻어 창틈으로 들어온다. 오랜 가뭄 뒤에 단비건만 습한 냄새가 역겹다. 학생들이 가버린 교실에 앉아서 미연은 아침에 본 시아버지 회갑에 관해 생각했다. 너만 와라. 남편은 가능한 미연을 거스르지 않는다. 문득 언젠가 본 회갑연이 생각난다. 자식들이 화사하게 한복을 입고 손님들을 맞이했다. 둘째, 셋째, 모두 참석할 것이다. 나의 부재에 대해 사람들이 무어라고 할지? 남편의 식구들이 싫은 것이 아니라 귀찮았다. 쉬는 날 쉴 수 없게 하는 손님들에게 친절하지 않은 것은 시인한다. 그러나 그들에게 잘 공간을 마련해주었고, 남편도 적당히 식사를 해결해주었다. 꼭 집에서 내가 준비해줘야 한다는 법은 없는데. 내가 찡그린 것은 그들이 싫어서가 아니라 피곤해서인 것을.

아내를 이해한다. 삶이 피곤한 생활이다. 아내를 존중해줘야 한다는 것을 안다. 그런데도 번번이 식구들이 아내를 비난하면 막을 힘이 없다. 사실 자신도 서운한 부분이다. 내 부모, 형제에 대한 홀대는 영원히 남자의 아킬레스건이다. 애초에 미연을 선택하여 결혼을 굳혔을 때 주형도 착각했다. 사람을 가르친 자가 가지고 있는 모든 조건을 미연이도 갖고 있을 것으로 생각한 것이다. 인간 도덕 교과서에 대한 기대다. 언행일치가 얼마나 어려운 것인지 몰랐다. 아내는 언제나 주장했다. 내가 아니면 안 되는 일이 우선이고. 우선순위를 직장에 꽂았다. 아내의 말에 동감한다. 자본주의 사회에서 돈의 위력은 대단하다. 더구나 나라가 경제적으로 심히 어려운 때, 그 힘은 가히 하늘을 찌른다. 더구나 가난한 사람들에게 돈은 그대로 한이다. 처음에 아내를 배우자로 택할 때만 해도 경제가 이렇게 곤두박질치리라 생각하지 않았다. 세상은 저절로 많이 좋아졌다. 구태여 아득바득하지 않아도 누군가 소수의 사람이 머리를 굴려 참 살기 좋은 세상이 되었는데,

생각의 차이는 극복할 수 없는 벽이다. 어쩌면 인간은 자신의 희망사항이 현실이 되기를 바라고 사는 어리석음의 극치인지 모른다. 그랬다. 따지고 보면 식구들 생각에 열심히 동조했음을 알았다. 처음으로 대학을 졸업한 며느리, 그리고 학교 선생님이라는 놀라운 감투. 얼마나 잘하겠는가? 그러나 아내는 그렇지 못했다. 아니 처음부터 엇나가기 시작한 것이다. 아내는 처음부터 자기주장이 강했다. 잘난 아내, 인정한다. 친구들이 모두 부러워했다. 어머니가 주선한 선 자리를 무시하고 고른 아내. 경제가 어려워지자 배우자를 선택하는데 대단한 숙고가 필요했다.

외부에서 볼 때 교사라는 직업은 대단히 훌륭하지만, 당사자는 날마다 지옥이다. 잘못하는 학생들을 제대로 꾸중할 수도 없다. 영악한 학생들은 희소성(집마다 아이가 하나, 혹은 둘 뿐인 현실)의 가치를 먼저 깨닫고 안하무인으로 변해갔다. 인간을 다스린다는 것은 정말 어려운 일이다. 더구나 상대가 같은 연배가 아닐 경우는 완전히 지기를 예언하고 시작한 싸움이다. 많은 사람이 일방적으로 자식들 말만 믿고 때로 허황한

확인을 한다. 왕따를 당했다는 연락, 실지로 왕따를 시키는 아이인데. 학부모는 믿을 수 없다는 표정을 짓고 간다. 그것은 교사에 대한 불신이다. 변명이 아니라 설명을 해도 불신은 교사에 대한 불평으로 색을 바꿀 뿐이다. 이런 사람들과의 싸움에 심신이 지친 미연으로서 시집과의 갈등은 정말 힘들다. 무조건 나를 좀 이해해주면 안 되나요? 하늘을 향해 외친 울부짖음.

시아버지의 회갑. 모른 체하지만, 목에 걸린 가시처럼 신경 쓰인다. 도대체 무엇을 잘못했다고 이렇게 홀대한단 말인가? 게으를 뿐이다. 피곤할 뿐이다. 좀 이해해주면 안 되나 하는 서운함. 남편에게 말을 하지 않았다. 언젠가부터 남편의 눈빛에서도 다른 식구들과 같은 색깔이 보였다. 날마다 얼굴 맞대고 살아야 하는데 모른 체하자 결론 내렸다. 어차피 합이 되지 못할 바에 적당히 무시하고 사는 게 현명하다는 생각이다.

장모님이 회사로 찾아왔다. 주형이도 회갑 때 어떻게 해야 할지 막막하지만, 장모님도 걱정한 모양이다. 무조건 아내 편을 들어달라 하지 않는 장모님이다. 그런 장모님을 대하니 주형의 가슴도 무겁다. 늦어도 내일 오후에는 내려가야 한다. 차라리 이혼해라. 몇 번 다녀가신 아버지가 어렵게 말씀하셨다. 아무리 생각해도 이혼을 할 만큼 아내가 잘못한 것 같지 않은데 식구들이 강요한다. 결정적인 이유는 여동생을 데리고 있지 않겠다는 아내의 말 때문이다. 고등학교를 마치고 서울로 오겠다는 동생. 사실 주형도 당연히 같이 살 거로 생각했고, 아내에게 뜻을 비쳤다가 심한 말다툼만 했다. 엄청난 생각의 차이로 주형도 순간 이혼을 생각했지만, 아이들이 문제다. 이혼보다는 원만한 타협을 모색 중인데 회갑이란 행사가 너무 빨리 찾아왔다.

"김 서방, 우리 이렇게 하세, 미연의 성질을 나는 알아. 서두르지 말고 우선 내일은 내 말대로 하게나. 그리고 이혼은 찬찬히 생각하세."

날씨가 화창하다. 미연은 끝내 남편을 따라가지 않았다. 버스에서 내리면 언제나 등을 돌린다, 화해할 기회가 없어진 것이다. 후련할 줄 알았는데 기분이 좋지 않다. 한 번쯤 권할 줄 알았다. 귀찮지만 무시당하는 것은 더욱 싫다. 차창 밖으로 보이는 풍경은 늦가을이다. 노란색이 사방을 채운 상태다. 현란한 가을의 아름다움에 모처럼 가슴이 확 트인 느낌.

합류하자니 번거롭고, 무시하자니 껄끄러운 것이 시댁과의 관계다. 옛날 무조건의 희생을 남자는 강요하고 사회적으로 성장한 여자들은 거부하면서 마음이 편하지 않다. 팽팽한 대립은 영원히 끝나지 않는 전쟁이다. 미연으로서는 다가설 수도 물러설 수도 없는 상태다. 모처럼 모든 것으로 해방이 되었지만 이렇게 불편한 마음을 어쩔 수가 없다. 그녀는 직장에서는 우수한 인재지만 가정에서는 그렇지 못했다.

"나는 일이 있어서 내일 못 올라가니 당신 혼자 가. 난 모레 두 시차로 갈 거야."

주형이 미연에게 열차 승차권 한 장을 내밀었다. 미연은 묵묵히 표를 받았다. 말없이 표를 접어 가방에 넣었다. 걸음을 옮겼다. 잘 가라니 조심하라니 하는 인사말이라도 나눌 수 있는 사이지만 두 사람은 말없이 등을 보였다. 변경되지 않는 약속이다. K시에 내림과 동시에 갈 곳이 달라진다. 남편과 아내, 무촌의 가장 가까운 사이고, 자나 깨나 같이 있어야 한다는 평범한 불문율은 여전하지만 그렇지 못하다. 주형은 시댁으로 미연은 친정으로, 다른 길을 향하고 있다. 딱딱하게 헤어졌다.

걸음을 멈추었다. 무슨 일, 회갑, 미연은 가로수 아래 의자에 앉았다. 스산한 초겨울 바람이 오늘따라 두꺼운 옷을 뚫고 미연의 외피를 자극했다. 가방에서 꼬깃꼬깃해진 종이를 폈다. 컴퓨터로 정돈된 글자가 콘택트렌즈를 통해 정확히 머리에 들어왔다.

'일요일에 아버님 회갑을 지낼 계획입니다. 날씨 관계로 앞당겼습니다.'
이쪽의 안부도 그쪽의 안부도 없는 간단한 내용. 형식적인 인사가 생략된 지 이미 오래이므로 특별한 감정의 동요는 없다. 항상 그러하듯이 조금 우울하다. 편지를 휴지통에 버렸다. 시가에 대한 미연의 예의는 항상 제로 상태, 어떤 기본적 예의도 전혀 생각하지 않았다. 처음부터 지금까지. 주형은 그런 미연에게 아주 관대했으며, 그 때문에 그녀의 예의는 금방 버린 편지처럼 쓰레기와 같이 아무짝에도 필요하지 않았다. 미연은 자신이 버린 귀찮은 양심에 대해 미련도 없다. 찬바람이 바바리를 뚫고 슬며시 들어온다. 아침에 학교에서 자신이 연출, 주연한 연극 생각에 혼자 웃었다. 연가원을 들고 머뭇거리는 그녀를 상관들은 이미 헤아리고 있었다. 육십 명이 넘은 직원들이기에 한두 사람 정도는 마치 윤번제처럼 결근과 휴가가 있는 현실이다. 모두 출근한 날은 오히려 고개를 갸웃거리는 실정이다.

"내일 밤차를 타고 올 수도 있지만, 큰 며느리이고, 먼 곳에서 오신 친척들이 저를 보내주지 않을 거예요."

장남, 의무만 있고 권리는 없는 자리. 남자들의 장남에 대한 긍지는 미연으로서 이해하기 힘든 문제다. 시아버지 회갑. 자신과 상관없는 행사지만 이유를 달았다. 스스로 놀랍게 자신의 위치를 강조했다. 친척, 흥! 속으로 코웃음을 치며 말했다. 무슨 지랄 같은 친척이야. 다만 쉬고 싶었다. 하루라도 홀가분하게. 십여 년을 직장에 시달린 여자라면 누구나 그러하듯 이유만 있으면 휴가를 얻고 싶어 한다. 공휴일이 아닌 인정받은 휴일이다. 시아버지의 회갑, 아주 타당한 이유다.

미연은 머리가 좋다. 어떤 요구를 하든 상대의 생각을 어느 정도 헤아릴 줄 안다. 그래서 어떤 부탁이든 거절당하는 일은 거의 없었다. 그렇게 허락받은 월요일이지만 주형에게 말하지 않았다. 남편이 그녀에게 내일의 일을 말하지 않는 것과 같은 맥락이다. 상대적인 반응이야. 미연은 이렇게 생각했고 남편에게 말하지 않는 사실에 작은 미안함도 느끼지 않았다. 역으로 돌아온 미연은 남편이 준 표를 되물리고 월요일 두 시로 예약했다. 일요일 표에 몇천 원이 덤으로 붙었다. 원하지 않는 일이지만 오히려 고마워하면서 적게 얹어준 것을 미안해하는 상대의 뜻을 담담하게 받아들였다. 세상사 우습다. 이렇게 어느 곳에나 비리가 존재하고 있으니 하는 말이다.

　놀라겠지. 몸이 좀 아팠어요. 하면 다정한 눈이 걱정스럽게 나를 바라보겠지. 그 연극이 행해질 장소는 서울. 남편과 나는 동체니까 전혀 어색하지 않을 것이야.

　친정에 들어서면서 월요일 더 쉰다는 생각에 즐거웠다. 더구나 동료들이 챙겨준 봉투조차. 시아버지 덕이야, 이런 덕을 보다니! 소리치고 웃고 싶다. 이런 것이 인간관계라는 것인가? 전혀 무관하다는 그녀의 강박관념이 무시된 이 횡재를 어떻게 해석하고 웃어야 하나,

　"어딜 다녀왔니? 김 서방한테 전화 왔더라. 잘 도착했느냐고."

　개자식, 갑자기 욕이 하고 싶어졌다. 부모와 형제의 눈치를 보며 골목에서 전화하는 남편의 바보스러운 행동에 울화가 치밀었다. 남편의 유약함은 많이 신경질 난다. 어떤 경우에도 나를 위해 좋은 이야기를 하지 않을 것이다. 직장에 시달려요. 자신의 게으름을 남편이 변명해주길 바랐으나 남편은 그녀의 바람을 무참히 깨버렸다. 그것은 부부이면서 언제나 적으로 돌아설 수 있는 첫 번째 요인이었다. 적어도 어느 면에서는 절대 합이 될 수 없는 사이.

　"언제까지 이렇게 살 거냐?"

　친정어머니가 조심스럽게 물었다. 벌써 수십 번 들은 소리고 대답도 그만큼 했으나 어머니는 항상 물었다. 같은 어리석은 물음에 변함없는 우답에 질려 대답하지 않았다.

　'엄마가 계속 이러시면 이곳에도 오지 않을 것이에요. 제발 내버려 두

세요. 엄마는 몰라요. 그렇게 믿고 의지한 그이가 하루 사이에 그렇게 변할 줄은 정말 몰랐어요. 그것은 감내하기 힘든 배반이에요. 어떻게 보면 그이와 나는 공범자인데 갑자기 적이 된 것이에요. 차라리 이를 부드득 갈며 악담을 퍼붓는 상대라면 같이 싸우면 좋지요. 언제나 온화한 얼굴에 다정한 미소로 나를 바라봐요. 둘이 있을 때는. 그러나 이곳으로 오는 열차를 타는 순간부터 차디찬, 두드려도 깨지지 않는, 닿으면 소름이 끼치는 바위가 그이예요.'

이런 말들을 항상 속으로만 지껄이고 스스로 위로했다. 위로는 자신만의 오만이다. 부모님의 좋은 축복으로 머리가 좋았다. 그래서 중상위권 생활을 계속할 수 있었고 결혼생활도 실패라고 단정하지 않았다. 아내는 의무가 아니라 권리다. 난 권리를 지킬 뿐이다. 자신의 성급한 교활을 찬양하고 언제나 타당한 이론이라 믿었다. 숨 가쁘게 변하는 사회에 아직도 전근대적인 사고 속에 갇혀있는 아내라는 자리는 남자들이 시대를 모르고 만든 올가미일 뿐.

누구와 어떤 토론을 해도 허점을 보이지 않았다. 좋게 해석하면 교묘한 화술. 자라면서 느낀 특권. 남보다 항상 앞선 시간의 훌륭한 잔상. 세상사를 자신에게 유리하게 해석하여 자신을 포장하는 데 주저하지 않았다. 아전인수. 작은 손해도 주지 않는 대단히 화려한 의상.

"엄마, 저 커피 한 잔 부탁해요."

어머니를 향해 버럭 소리를 질렀다. 방문이 열리는 소리에 가스 냄새가 약간 자극한다. 친정어머니는 어쩔 수 없이 죽는 순간까지 딸의 노예라는 말이 생각난다. 차라리 잘 죽었지! 아니 죽지 않았어도 어머니

같은 생활은 하지 않아. 세상에 태어나 일주일 만에 죽은 딸이 생각났다. 많이 슬프지 않아 조금 울었다. 위장된 울음이다. 그 애는 내 분신이 아니라 저주였어. 아이를 원하지 않는 상태에 임신했고 지우려했으나 남편과 시댁의 강경한 반대에 억울한 기분으로 열 달을 살았다. 처음부터 엄마에게 거부당한 아이는 태어나 일주일 만에 288일의 엄마의 역겨움에 반발이라도 하듯 미안하다는 말 한마디 없이 죽었다. 가족의 비통함을 외면할 수 없어 눈물을 얼굴에 바르고 며칠을 보냈다. 그런 아이가 오늘 갑자기 생각나 오장을 뒤집는다.

거울 앞에 앉았다. 남편이 생각난다. 무엇을 하고 있을까? 혼자 왔구나. 예. 잘 왔다. 시어머니와 이렇게 말하고 있을 것이다. 나를 무시하고 모욕했다. 잘 왔다고? 그럴 수 없는 일. 그녀는 지금도 그 일에 화를 내고 있다. 상대적인 이기주의의 발상이다. 모처럼 만난 며느리, 피곤한 일요일, 늦게 일어날 수 있는 일, 허구한 날 같이 사는 사람도 아니고 어쩌다가 한 달에 한 번 정도 마주치는 관계, 조금 늦는다고 무엇이 멈춰버릴 만큼 긴박한 상황도 아닌데. 더구나 그때 난 홀몸도 아니었고, 직장생활은 언제나 나를 피곤하게 해주었고, 만약 내가 당신들의 딸이었다 해도 비난의 이유가 될 수 있을까? 친정은 그렇지 않았다. 피곤한데 더 누워라. 어머니는 행여 일어날까 조심스럽게 말해준다. 남편은 한 번도 불평하지 않는 일이 남편의 사람들에게 불편의 원인이라니 이해할 수 없다. 자신의 생활에 치장하지 않고 행동했다. 아침은 적당히 빵과 우유로 때우고 출근. 이리 와. 남편은 일어나려는 그녀의 벗은 몸을 끌어당긴다. 그렇게 일어나려는 생각은 남편의 행동으로 저지당한다. 아침은 빵과 우유로 적당히 해. 언제부터 이렇게 되었는지 모르지만, 아침은 간단하게 처리되었다. 남편은 어떤 불평도 내놓지 않았다. 남편을 사랑했다. 신뢰이고 깊은 애정이다. 습관은 한 개의 굵직한 노끈과 같다. 그리고 우리는 매일 꼬고 있지만 풀 수는 없다고 누군가가 말했다. 그습관에 깊숙이 빠져있는 것이다. 그랬는데 이유를 달았다. 며느리의 의무가 아니냐고. 의무라는 말에 코웃음 쳤다. 시아버지는 새벽 산책 중이고, 시어머니는 방에서 미연의 식사 준비를 다소곳이 기다린 모양이다. 평소와 같이 행동했다. 남편도 순간 다른 식구들을 망각한 듯 여전히 그녀의 벗은 몸을 끌어당겼다.

아이가 죽은 날. 그녀는 울음을 바르고 있었다.

"올케는 시댁 식구를 무시한 벌을 받는 것이야. 장손 며느리에게 조상님이 벌을 내리신 것이야. 올케는 어떻게 생각해요? 내 말을 고깝게만 듣지 말아요. 이번 일을 계기로 올케가 우리 집 울타리 안으로 빨리 달려와 주기를 바라고 말하는 것이에요. 슬픔을 빨리 잊고 우리 풍습에 적응하려고 노력 좀 해주세요. 아니 노력한 척이라도요. 그렇게 할 생각이 없으면 차라리 집에 모습을 보이지 말든지요. 선택은 자유예요."

남편의 얼굴을 보았다. 남편은 상관없는 사람의 얼굴로 텔레비전만 보고 있다. 내 소관이 아니라는 무심한 얼굴이다. 다음날, 친정으로 돌아왔다. 친정어머니는 죽은 아이 때문에 서럽게 우는 줄 알고 송구스러워했지만, 그녀는 자기보다 못한(자신의 기준으로 측정한) 시누이의 독설이

분해 이틀을 눈물을 흘렸다, 어머니가 해석한 당연한 모성이 아닌 울음인데 어머니는 오장육부를 쥐어뜯으며, 딸의 슬픔에 동참했고, 그 착각이 지겨워 큰소리로 어머니의 뜯긴 오장에 회초리를 가했다.

"어떻게 할 거야?"

그로부터 한 달 후, 버스 정거장에서 남편이 물었다. 남편은 친정으로 와버린 그녀를 탓하는 어떤 말도 하지 않았고 부부생활은 조금의 변화도 없었다. 당신을 사랑해. 남편의 말은 억양도 묻어 있는 감정도 예전과 같았다. 저도 사랑해요. 변함없이. 그런 그녀에게 전혀 생각지 않는 질문이 느닷없이 남편의 입에서 나온 것이다. 놀라 의아한 눈으로 남편을 보았다.

"선택은 언제나 자유이고 당신 몫이지."

남편을 빤히 보았다. 무서운 타인의 얼굴이다. 자신의 몸을 숨 가쁘게 더듬으며 할딱거리던 얼굴이 아니다. 내가 헛것을 보았나 하고 순간 의심했다.

"난 당신을 알아. 당신의 자존심을 알고 행동을 이해하지만, 식구들은 그게 아니야. 당신 마음 내키는 대로 해. 당신과 가족과의 갈등에 갇혀 힘들어지고 싶지 않아. 난 누구의 편도 될 수 없고. 개체도 하나거든."

무서운 권고이고 거북한 유혹이다. 유혹? 좋지 않은 곳으로의 끌어당김, 아니 끌어넣음이라는 표현이 더 적절하다, 잠식이라고 할까?

"친정으로 가겠어요."

"그럼 내일 만나. 두 시 표야."

남편은 그녀의 결심을 미리 알고 있었다는 듯이 만류하지 않고 뚜벅뚜벅 걸어가 버렸다. 남편의 걸음이 가볍고 경쾌하게 느껴지는 사실에 신경이 곤두섰다. 그렇게 시작된 오 년 가까운 세월 동안 서울에서는 항상 행복했고, K시에서는 우울하고 화가 났다. 도외시 당한 사람만이 느껴지는 불쾌한 우울이다. 주위의 흠모와 선망의 대상으로 언제나 향기 좋은 꽃처럼 활짝 웃었는데, 결혼이 그녀를 향기 없는 꽃으로 만들어 버렸다. 도대체 시댁 식구들은 좋은 꽃냄새마저 불감하는 무지한 사람들이라고 우울한 자신을 달랬다.

"엄마, 바람 좀 쐬고 오겠어요."

"내일 가려면 피곤할 텐데 일찍 쉬지 않고."

거리로 나왔다. 차가운 초겨울 밤은 몸을 조금씩 떨리게 한다. 어머니의 두꺼운 스웨터라도 걸치고 나오지 않는 것이 후회되었으나 내색하지 않았다. 누구도 관심 없는 곳에서 혼자 후회하고 싶지 않다. 네온은 그녀의 우울을 조롱하듯이 현란하게 자태 바꾸기를 반복한다.

시누이에게 두어 번 사과도 책망도 아닌 전화가 왔으나 무시했다. 그런 식의 사과는 자존심상 용납되지 않는 무례함이다. 거짓말이야. 머리를 흔들었다. 나를 거부하는 것이야. 제까짓 것이 뭔데? 첫 번째의 거부에 주체할 수 없는 무시와 모욕감을 느꼈다. 죽어도 그들 앞에 나서지 않을 것이야. 아내는 권리야. 갑자기 한기가 느껴져 초겨울 포장마차 안으로 들어갔다. 마차 안은 손님이 없다.

"김밥 하나 주세요."

그제야 자신이 낮부터 아무것도 먹지 않았음을 알았다. 남편에 대한 분노가 배고픔처럼 절실하다. 화가 나면 대부분 사람이 밥을 먹지 못하지만 반대다. 식욕이 화가 나면 더 왕성해지는 이유를 알 수 없지만, 건강상 나쁘지는 않은 것 같다. 술도 한잔했다. 술은 뜨겁게 목을 지나 나른함을 다리에 전해준다. 포장마차 주인이 흘긋거린다. 당신 그런 눈이면 장사 못해 하고 소리를 지르고 싶다. 권태로움과 가벼운 취기가 기분을 조금 즐겁게 한다.

난 너희들을 모르겠다. 도대체 누구한테 문제가 있는 것이냐? 어머니의 염려스러운 질문을 무시했다. 엄마와 전 달라요. 주위의 어떤 염려도 항상 가슴을 펴고 무시했다. 자신에 대한 단순한 과시이고 습관이다. 밥을 먹고 섹스를 하는 것과 같은 일상의 습관. 습관은 정말 음흉한 여선생인가? 사람들의 내부에 천천히 권력을 심는. 언제 고약한 습관이 나를 지배할 정도까지 권력을 넓혔는지 모르겠다.

"김 서방이 불쌍하다."

"뭐가 불쌍해요? 밥이 없어요? 집이 없어요? 아내가 없어요?"

친정어머니의 절박한 염려를 사나운 손톱으로 할켰다. 어머니는 더 손톱자국을 만드는 일은 하지 않고 말 잘 듣는 학생처럼 눈치를 살피신다.

깊은 생각 속을 한참 휘저었다. 아무리 휘저어도 밑이 닿지 않는 심연이다. 생각의 차이가 이런 것인가? 그녀가 느끼는 오직 한 가지는 시댁에 대한 무관심이다. 모든 부분에 자기보다 나은 것이 하나도 보이지 않는데, 우격다짐으로 자신을 지배하려 드는 그들의 무식함이 물거품이라고 무시했다. 한번 번쩍거렸다가 물살에 휩쓸려 존재조차 없어지는. 지금은 옛날과는 판이한 것을. 만나서 거북한 사람들은 만나지 않고 사는 것이 현명한 삶이거늘. 서로의 건강상 특효약인 것을. 괜찮은 변명에 스스로 박수를 보냈다. 아내는 권리다. 불현듯 남편이 보고 싶다. 이상한 거부반응에 대한 상대적인 그리움이다. 남편을 많이 사랑하고 남편의 어떤 거슬림도 다 받아들이는 마음이 왜 그의 가족들에겐 항상 문이 꽉 닫힌 방처럼 탁탁한 냄새뿐인가? 남편에게 전화했다. 신호가 느리게 가고 시끄러운 소리가 들려온다.

"여보세요."

남편의 목소리가 들린다.

"준호야, 안 돼 지금은 바쁘다. 다음에 연락하자."

전화가 저쪽에서 먼저 끊어진다.

내일이 회갑이라서? 남편의 목소리 뒤에 들려온 웃음소리에 알 수 없는 분노를 느꼈다. 조용히 생각해 보았다. 내가 무엇을 얼마나 잘못했나? 남들이 나를 이해해주기를 바란다는 것은 자신의 못난 점을 인정한 셈. 이것이 그녀의 사고방식이다. 남들이 내 의견에 동의해야 해. 결코 서투른 수작 따위는 하지 않으니까. 냉정하고 상식적인 사람으로 비난이 될만한 허술한 행동 따위는 하지 않지.

일요일 아침이다. 어머닌 절에 가셨다. 모처럼 자유에 취해 집을 지켰다. 무료하신 것이지. 자식들 다 결혼시키고 혼자 사는 집에서의 일과가 짜증 나서 외출하는 장소가 절이라 생각했다. 출가한 미연의 일을 돌봐주면서 가끔 들려 살림을 정돈하는 일과도 이제 단순한 과정이었다. 미연보다 하루 먼저 내려온 고향이다. 다행히 둘째 딸이 집 가까이 살고 있어 수시로 집을 건사해서 고맙다. 미연과 달리 마음이 조금은 너그러운 둘째.

미연은 세상만사를 아전인수 격으로 생각했다. 자기 일로 어머니가 몇 번이나 남편과 독대하고 시댁을 찾아가 사과하고 부탁하는지. 그런 생각은 애당초 머릿속에 들어올 수 없는 망상이다. 어머니의 어떤 행적도 자기와 무관하다고 언제나 생각했다. 자신에게 불리한 생각은 전혀 없는 상태. 어찌 보면 심한 정신적 장애인인지 모른다.

직장에 시달린 여자들에게 일요일의 아침은 상쾌하다. 더구나 월요일까지 쉴 수 있다는 편안함은 모든 것을 게으르게 해주었다. 꿈은 반대야! 그녀는 간밤의 꿈을 생각하고 부정했다. 어째서인가? 꿈에 귀한 용을 타고 하늘을 날았다. 그런데도 흡족한 좋은 일이 요즘엔 생기지 않았다. 남들이 꾸면 좋다는 꿈들도 자신은 예외다. 남편의 식구들이 대문을 들어서자 모두 반겼다.

"왔구나!"

시어머니는 덥석 버선발로 뛰어나왔고 자신을 진심으로 환영했다. 남편은 여전히 텔레비전만 보고 있다. 남편의 무심함을 으깰 생각으로 다가갔다. 자신의 모습은 벽에 걸린 거울에 선명하게 나타났는데, 남편은 여전히 자신의 모습을 보지 못한 표정이었다. 이런 봉사야. 소리를 질렀다. 남편은 봉사였다. 병신이었다. 내가 병신의 마누라라니! 기막혀 시댁에서 소릴 지르며 웃었다. 남편이 몸을 돌렸다. 빛을 잃은 남편의 눈동자가 그녀의 눈을 잡고 놓아주지 않았다. 당신은 내 아내야. 아내의 의무로서 나를 책임져야 해. 아내의 권리로서 당신을. 남편이 옷자락은 잡고 따라온다. 계속 도망치며 생각했다. 시댁 식구들이 자신을 반기는 이유는 봉사 아들을 떠맡기기 위해서라고. 병신을 맡기기 위한 의도적인 환대에 몸서리쳤다. 꿈은 반대야. 꿈같은 게 뭐야? 부정하고 의식하지 않으려 했다. 시달리는 건 질색이다. 타인의 일로 고통에 시달리고 싶지 않다. 어리석은 짓의 반복은 적성에 맞지 않으니까. 한데 거머리의 집요함처럼 좋지 않은 생각들이 요즈음 많이 괴롭혔다. 아무리 떼어 내려 해도 잘 떨어지지 않는 거머리의 집요함. 야누스 남편도 두 얼굴. 정반대의 이상한 충격이다.

　텔레비전을 켰다. 흥미 있을 까닭이 없이 신경질만 돋우기에 꺼버렸다. 이렇게 무료할 수 있을까? 천장 구석에는 거미줄이 멋대로 엉켜있다. 파리 몇 마리가 천장에 거꾸로 붙어 있다. 가을 파리는 힘이 없다. 따뜻한 실내공기에 취해 천장에 거꾸로 들러붙은 모양이 안쓰럽다. 여름처럼 빠르게 날지 못하기 때문에, 붙어있다가 사람이 잠들면 사람에게 붙어 못 견디게 할 뿐이다. 문득 자신의 모습이 파리라는 생각이 들었다. 가을 파리, 힘없는 파리, 활동무대를 찾지 못하고 힘들게 거꾸로 붙어있는 파리. 이런 무관심은 힘들다. 남편이 받아주기를 바라는 마음으로 전화를 했으나 엉뚱한 꼬마의 목소리가 들렸다.

　"김주형씨를 부탁해요."

　친척 아이려니 생각 들지만, 공손히 말했다.

"전화 바꿨습니다."

"저예요."

"아, 그러세요! 감사합니다. 우리 집 위치는 ○○동 사무소에서 우측으로 백 미터쯤 걸어오시면 됩니다. 네 기다리겠습니다."

동문서답의 연속으로 전화는 저쪽에서 끊겼다. 남편은 그녀가 목소리를 넣는 것도 허락하지 않았다. 동문서답으로 무시한 것이다. 기다리겠습니다. 그녀는 적어도 그 말은 진실이라고 생각했다. 남편과의 통화는 끝말은 항상 진실이었다. 나가겠습니다. 알고 있습니다. 기다리세요. 남편과의 통화의 마지막 부분들이다.

어머니가 오셨다. 어머니의 몸에서 음식 냄새가 나는 듯, 한 착각에 정신을 가다듬었다. 한 번도 생각해 보지 않은 의심들이다. 어머니는 그녀의 비위를 거스르지 않기 때문이다. 심한 히스테리 증상을 일으켰을 때도 어머니는 다소곳이 계모의 학대에 익숙한 전실 자식처럼 반응 없었다. 내 탓이다. 너를 그렇게 가르친. 어머니는 자책할 뿐 듣기 싫은 소리를 할 줄 몰랐다. 이상한 일이다. 신경이 곤두섰기 때문인가? 무시될 수 없는 것이 현실인가? 남편과 자신의 결혼을 축하해줬던 많은 친척이 올 것이다. 그 자리에 당연히 있어야 한다. 허상이라고 마음속으로 인정하지 않더라도 형식은 있어야 한다. 형식, 보잘것없는 것, 아니 거추장스러운 것, 그러나 가끔은 형식도 필요하다. 내가 홍길동일 수 없겠지. 손오공일 수 없겠지. 절실함이 화나게 한다. 나를 또 하나 만들 수 있는 우화의 주인공 홍길동이 부러웠고, 원숭이 사촌(손오공)이 부러운 절실함이 정말 미칠 만큼 괴롭다.

"시내 바람 좀 쐬고 오겠어요."

반응 없는 어머니의 태도에 반발하고 거리로 나왔다. 남편이 만약 어제 내게 자기 집으로 가기를 원했으면 따라갔을까? 권해주지 않는 남편의 야속함, 못 이긴 척 권유를 받아들이므로 생길 이득에 대해. 한데 남편은 원함을 무시했다. 남편은 자신에게 관대했다. 다칠 자존심만 생각하고 매듭을 풀어야겠다는 생각은 전혀 하지 않는다, 시간이 지날수록 처량한 거만을 으깨지 않는 방법을 택해주기를 바랐지만, 남편은 전혀 무관심이었다. 부부가 이렇게 둔하고 무심할 수 있는가. 적어도 어느 부분에선 이렇게도 철저한 장벽이 있는 것일까?

영화도 보고, 음악도 듣고, 차도 마시면서 시간을 소비했다. 아는 사람을 만났으나 반가운 사람은 없었다. 내가 없으면 남편도 시댁 식구들도 많이 곤란할 텐데. 갑자기 기분이 맑아졌다. 오늘의 난 절대로 필요한 존재인데 친척들이 나를 찾으면 무엇이라고 변명할 것인가? 도대체 변명할 이유가 없다. 시아버지의 회갑에 참석하지 않는 며느리. 평소의 잘잘못은 덮어두더라도 집안 망신이 아닌가? 나의 부재에 대한 대답은 어떤 것일까? 병, 죽음, 이혼, 합당한 이유가 못 되는 것을. 가자. 가서 구경하자. 내가 빈자리에서 어쩔 줄 몰라 쩔쩔매고 있을 남편과 식구들을 구경하자. 그녀는 자신의 우울함이 한꺼번에 빠져나가고 있음을 느꼈다. 뜻밖의 횡재라고 할까? 자신의 존재에 대한 강한 확인이 아닌가? 내가 통쾌하게 웃을 수 있는 일이 있는데 의기소침해 있었다니.

"그 집 큰며느리 말이요. 지금도 아가씨 같지요? 그렇게 또 잘한다는 구려. 요즘 배웠다는 여자들의 권리 운운이란 것이 조금도 없고 얼마나 인상도 좋던가요."

"꽃입디다. 꽃이요."

"정말 그렇더군요. 얼마나 상냥합디까?"

지금 어디에서 무슨 연속방송극을 듣고 있는 것일까? 나는 여기에 이렇게 서 있는데, 아니 세상에 어떤 병신 같은 여자가 본처가 있는데 첩으로 왔을 리는 없지. 이게 무슨 소리야? 저 집에 내가 있다니? 이게 무슨 날벼락이야? 날씨는 춥지만 해는 여전히 중천에 있는데, 이런 무시가? 이런 모욕을? 감히 이렇게 기만하다니? 그의 곁에서 시중들고 있는 나는 누구인가? 온몸이 부들부들 떨렸다. 흥분하면 지는 거야. 침착해라. 너는 침착하고 야무진 게 으뜸이잖아! 견디기 어려운 오만은 꽉 움켜잡아라. 움켜잡아라.

"오늘 고생했다, 그리고 고맙다."

어머니와 동생 지연의 말소리에 정신이 번쩍 들었다.

붉은 구름

민금애 지음

발행처 · 도서출판 **청어**
발행인 · 이영철
영 업 · 이동호
홍 보 · 천성래
기 획 · 남기환
편 집 · 방세화
디자인 · 이수빈 | 김영은
제작이사 · 공병한
인 쇄 · 두리터

등 록 · 1999년 5월 3일
(제321-3210000251001999000063호)

1판 1쇄 발행 · 2021년 8월 30일

주소 · 서울특별시 시초구 남부순환로364길 8-15 동일빌딩 2층
대표전화 · 02-586-0477
팩시밀리 · 0303-0942-0478
홈페이지 · www.chungeobook.com
E-mail · ppi20@hanmail.net
ISBN · 979-11-5860-968-9(03810)